塚本邦雄

Tsukamoto Kunio

島内景二

コレクション日本歌人選019
Collected Works of Japanese Poets

笠間書院

『塚本邦雄』目次

＊本文では五十首の代表作品の引用に際し、原作に付いていないルビは左側に振った。

塚本邦雄

01

初戀《はつこひ》の木陰《こかげ》うつろふねがはくは死より眞青《まさを》にいのちきらめけ

［本文左側のルビは、原作に無し。］

漢字は、文化の女神が着る衣裳

青春時代の恋は、「生」、つまり「命」を最も美しく輝かせる。その始まりが、初恋である。初恋を思い出す時、かつて恋を語り合った木陰はあの時以上にきらめき、真っ青に心を染め上げる。現実の初恋よりも、回想された初恋の方がずっと美しい。

何よりも「戀」という漢字に、注目してほしい。「恋」ではなく、「戀」と書いてある。「旧字体」とも言われるが、塚本邦雄は、これを「正字《せいじ》」と呼んでいた。「靑」も正字である。「正字」へのこだわり。自分の名前も、「塚」でなく「塚」、「邦」でなく

【出典】『戀　六百番歌合――《戀》の詞花對位法』。『六百番歌合』の中から、五十の恋の歌の「題」を選び、それぞれの代表歌の鑑賞文、その題に想を得た「瞬篇小説」（ショートショート）と現代詩を付したもの。詩歌と小説、古典と現代とを重ね合わせ絶妙の交響曲が奏でられている。上下二巻。

【追記】

戦後は漢字が新字体に改められただけでなく、画数（かくすう）の多い漢字の使用が制限された。塚本邦雄は、あえて難解な正字の漢字を多用した。

「邦」と書いた。

この歌は、その名も『戀』という本の「あとがき」に添えられた短歌である。『戀』は、鎌倉時代の初期（一一九三年）に催された『六百番歌合《うたあわせ》』で使われた百個の歌の題の中から、「初戀」「顯戀」「晝戀」「寄蟲戀」などを選び、人間の心に占める恋の比重を計っている。それぞれ、ハツコイ、アラワルルコイ、ヒルノコイ、ムシニヨスルコイ、と発音する。「恋」でなく「戀」と書かれた理由は、どこにあるのだろうか。

戦後文化としての「恋」は、現実にどこにでもある男女交際であるが、「戀」は回想という想像力の力で作りあげられた虚構の世界である。それが、真の「文化」というものだ。

現代人が恋の命（本質）を知らないのは、正字である「戀」を捨てたからである。正しい漢字を捨ててしまった現代日本文化は、どんどん底が浅くなり、白けきった無味乾燥の日常生活があるばかり。「戀」という正字を歌の中で用いることで、文化の伝統が回復され、自分の心の奥へと至る「門」が開かれる。

「聖なるかな漢字制限三十劃以上の正字群發光す」（『獻身』）。「劃」は、「画」の正字「晝」の古体字である。

漢字の使用が制限されれば、かえって、価値が増す。あの人を愛してはいけないと禁じられれば禁じられるほど、タブーを乗り越えようとする恋愛が燃えさかるように。三十画以上の漢字は、漢和辞典の中で美しい燐光（りんこう）を放っている。

塚本邦雄が愛した「正字」には、日本文化のエッセンスが凝縮されている。そういえば、日本文化の美は、「雪月花」（せつげつか）という言葉で表されることがある。冬の雪、秋の月、春の花。四季折々に、日本人は美を感じてきた。この「雪月花」だが、三字とも新字である。雪の正字は「雪」、「月」の正字は「月」、「花」の正字は「花」。よく見れば、少しずつ正字と新字が違っている。その違いに敏感でなければ、文化人である資格がない、と塚本邦雄は警告した。

02

錐・蠍・旱・雁・掏摸・檻・囮・森・橇・二人・鎖・百合・塵

漢字の断片がつながると

まず、声に出して読んでみよう。漢字には何通りもの読みがあるが、「五七五七七」のリズムに合わせれば、自然に正しい読み方がわかってくる。「旱」は、「旱魃《かんばつ》」の「かん」だが、「ひでり」とも読む。「雁」にも、「かり」と「がん」という発音があるが、他の言葉を見ていると、どうやら「り」で終わる言葉を並べたもの、つまり「り」の脚韻を踏んでいると推理できる。

「きり・さそり・ひでり・かり・すり・おり・おとり・もり・そり・ふたり・くさり・ゆり・ちり」。十三個の名詞が並び、そ

【出典】第六歌集『感幻樂』（かんげんがく）。「樂」は、「楽」の正字。

【追記】

漢字ばかりでできている塚本邦雄の歌を、もう一首、挙げる。

「原子爆彈官許製造工場主母堂推薦附避姙藥」（『透明文法』）。

読者の多くは、初めて見た瞬間にはどう読めばよいかわからずに、たじろぐだろう。しかも、「五七五七七」ではなさそうである。

じっと眺めているうちに、「げんしばくだん・かんきょせいぞう・こうじ

れが「五七五七七」の短歌形式にきちんと収まっている。しかも、実にリズミカルで、軽快である。漢字の見た目の重々しさと、発音して初めてわかる軽やかさとのミス・マッチ感覚。

この歌は、漢字ばかりが並んでいる。塚本邦雄は、漢字の正字体だけでなく、漢字の響きを愛した歌人だった。しかも、十三個の名詞は、読者に一つのストーリーを語りかけてくる。「掏摸が檻に入れられる」、「森の中を橇に乗って二人ですべってゆく」。助詞も動詞も形容詞もないのに、漢字の名詞が読者の想像力を刺激して、物語が立ち上がるのだ。

その物語は、決して甘美なものではない。「錐・蠍」にはチクリと刺す毒があるし、「二人・鎖」は、愛を禁じられた男女が処罰されるという苦しみを予感させる。美しい「百合」のイメージは幻と消え、すべては「塵」となって終わってしまう。その毒と虚しさこそ、「り」の脚韻が生み出した鋭い痛みだったのだ。

短歌は、作者の思いだけを言葉に写しとったものではない。読者の心の中で花開く言葉の「種」を、塚本邦雄は短歌で歌った。

ようしゅ・ぼどうすいせん・つきひにんやく」と読めば、「七七五七七」の定型詩となることがわかり、ほっとする。最後に置かれた「避姙藥」が一番大切な言葉であって、そのほかは全部「避姙藥」を修飾する形容句である。

「原子爆弾を堂々と製造する非人間的な国家があって、その殺人兵器を作る工場のトップを務める責任者を生んだ母親が推薦状を書いた、その推薦状の付いた避姙薬が、これである」という意味になる。

人間の「生」を呪い、生まれてこようとする「胎児」を殺すものとして、原子兵器・国家・工場主（科学者あるいは国民）・母親・避姙薬が、漢字で列挙され、批判されている。

漢文を読まされているかのようでありながら、純然たる日本語、しかも「定型詩」としての短歌である。塚本邦雄は、「なりにけるかも」という、平仮名を多用する近代短歌に、真っ向から反対しているのである。

03

サッカーの制吒迦童子《せいたか》火のにほひ矜羯羅童子《こんがら》雪のかをりよ

旧仮名は、文化の女神が話す言葉である

制吒迦童子と矜羯羅童子は、不動明王の二人の従者の名前だが、ここでは「背高《せいたか》のっぽ」と「こ、ん、が、り日焼けしている」という言葉遊びだろう。サッカーを観戦していて、きわだった身体的特徴を持つ二人の選手を、仏教語で命名して喜んでいるのだ。

この歌は、「火のにほひ」「雪のかをり」という表記がポイントである。「におい」「かおり」と書けば、現代かなづかい、略して「新仮名《しんかな》」。「にほひ」と「かをり」は、歴史的かなづかい、略して「旧仮名」。塚本は、「旧仮名」を「正仮名《せいかな》」と呼んだ。

【出典】第十二歌集『天變の書』（てんぺんのしょ）。「變」は、「変」の正字。

【追記】

「正仮名」は「新仮名」と一対の概念であり、二つが対比されることで、「古い仮名づかい」から「新しい仮名づかい」への変化の姿が、蝶の標本のようにはっきりする。

対比と言えば、この歌は、対句があざやかである。「制吒迦童子」と「矜羯羅童子」、「火」と「雪」、そして、「にほひ」と「かをり」。

日本語には、「正仮名」と「新仮名」

塚本邦雄は、短歌も、評論も、小説も、すべて「正字正仮名」で書いた。現代日本は、とっくに「新字新仮名」で雑誌と単行本が印刷される時代になっていたが、「正字正仮名」は絶対に譲れない信念だった。なぜなのか。

江戸幕府が大日本帝国となり、戦後の民主国家「日本」となったように、国家も人間も、そして人間の生み出す文化も、流行と同じように目まぐるしく変貌する。そして、文法や日本語も変化してやまない。「言葉」こそ、変化する文化の代表である。世の中の文化人が雪崩《なだれ》を打って「新字新仮名」へと走るなかで、あえて「正字正仮名」の日本語表記を貫くことは、「新と旧」の変化の姿を、現代日本人に見せつけることになる。

決して、変化することが悪いのではない。変化の流れは、止められない。だが、変化した後のみをすべてと錯覚し、変化する以前の「日本文化の前世《ぜんせ》」を知らないのが、よくないのだ。塚本邦雄は、「変化する以前」の変わらない、変えてはならない日本語の姿を短歌に残そうとした。

のほかに、「定家（ていか）仮名づかい」もある。鎌倉時代の藤原定家が使っていた仮名づかいのことで、正仮名では「かをり」だが、定家仮名づかいでは「かほり」と書く。塚本は、藤原定家を尊敬していたが、「かほり」を使うことはなく、「かほり」と歌った歌人の不勉強を許せなかった。

また、かつては正しいとされた「正仮名」が、学問的に正しくないと判明した場合には、塚本は直ちに自作の表記を改めた。「あるひは」を「あるいは」と変更したのは、歌人の中では塚本邦雄が最も早い一人だった。

また、「水」の音読みは、現在では「すゐ」ではなく「すい」である。これも、最新の辞書の正仮名に依拠して正しく使おうとした。

このように、塚本自身の中でも、「正字正仮名」の変化はあった。絶えず修正しつつ、「正字正仮名」の理想へと近づこうと熱望したのだった。

04

詩歌變《しいかへん》ともいふべき豫感夜《よかんよ》の秋の水中《すいちゅう》に水奔《はし》るを視《み》たり

【出典】第十五歌集『詩歌變』。詩歌文学館賞受賞。この歌集を刊行直後に、「塚本邦雄の〈變〉を嘉（よみ）する会」が開催された。

【追記】
この歌の第三句は、「秋の夜の」でなく「夜の秋の」となっている。大胆な語順の倒置だが、塚本は「秋の水」の透明さと清冽（せいれつ）さを強調したかったのだろう。
水の底で、水が奔流となって流れている。それは、水の表面しか見ない人には、見えない。和歌と短歌は、千年

短歌を変える意志

空気が冴《さ》え冴《ざ》えとしている秋の夜、ふと透明な水のイメージが浮かんだ。その水は、表面は静かだが、底は奔流となっているのが幻視された。その瞬間に、長いこと変化を拒んできた日本の「詩歌」にも、激しい変化の底流が起きつつあるのがわかった。

この歌は、『詩歌變《しいかへん》』という歌集に含まれる。塚本邦雄の歌集で、「變」という漢字を含むものには、『天變《てんぺん》の書』『豹變《ひょうへん》』『不變律』『汨羅變《べきらへん》』などがある。最終歌集を『神變《しんぺん》』と命名したいという念願は果たせなかったが、戒名は「玲瓏院神變日授居士」

である。命日の六月九日は「神變忌」と呼ばれる。
「變」は「変」の正字であり、芥川龍之介の『地獄變』、円地文子の『小町變相』の「變」である。「變相」（変相）は、さまざまな姿に変化してゆくこと。つまり、塚本邦雄は、心から変えたかったのである。何を？ そして、心から変わりたかったのである。何から何へ？

塚本邦雄は、何よりも「詩歌」を変えたかった。つまり、「詩歌變」を起こしたかった。日本の詩歌は、八世紀の『万葉集』、十世紀の『古今和歌集』、十三世紀の『新古今和歌集』などの大きなピークがあったが、正岡子規の短歌革新によって「万葉調」一色となった。塚本は、子規によって変えられる以前の「歌の伝統」を復活させようとした。その際、『新古今和歌集』には、西欧の象徴詩とも通じる美学があると考えた。

日本人の詩歌に対する認識を変え、詩歌を変えること。それが、塚本邦雄の終始一貫した志だった。そのために、新字や新仮名ではなく、旧漢字（正字）と旧仮名（正仮名）で歌い続けた。以上も詠まれ続けた、長い歴史がある。けれども、もはやこれ以上、「新しい短歌」が現れるとは、誰も思っていないし、期待もしていない。

だが、詩歌の中で、新しい潮流が力強く生動し始めた。それが、「詩歌變」を予感させる、というのだ。むろん、その水の底の奔流は、塚本邦雄の短歌の比喩である。

日本の詩歌の中で、ターニング・ポイントとなり、それ以後の詩歌の流れを変えた評論が、いくつかある。紀貫之の『古今和歌集』仮名序。正岡子規の「歌よみに与ふる書」。そして、塚本邦雄の『定型幻視論』である。

短歌は幻を見るためにある、と塚本邦雄は宣言した。「変幻」という言葉があるように、この「幻」こそ、「變（変）」の同義語であった。

「奔るを視たり」の「視」は、「幻視」したという意味である。幻を心で視ることは、現実を目で見ることよりも、はるかに大切なことなのだ。

05

革命歌作詞家に凭《よ》りかかられてすこしづつ液化してゆくピアノ

「變」は、新しい音律から始まった

塚本邦雄の「詩歌に變を起こす」という野望は、昭和二十六年の第一歌集『水葬物語』から始まった。その巻頭歌である。

意味を考える前に、まず発音してみよう。短歌は、「五七五七七」の定型詩である。正月の『小倉百人一首』で日本人が慣れ親しんでいるのは、句の区切りごとに息を継ぐ発音方法である。だが、それは、ここでは通用しない。

「かくめいか・さくしかによりかかられて・すこしずつえきか・してゆくピアノ」と発音すると、確かに三十一音の定型詩で

【出典】第一歌集『水葬物語』。巻頭には、フランスの象徴詩人ランボーの言葉が飾られた。「私はありとある祭を、勝利を、劇を創った。新しい花を、新しい星を、新しい肉を、新しい言葉を発明しようと努めた」。

【追記】

『水葬物語』には、「亡き友　杉原一司に獻ず」という献辞がある。塚本は杉原たちと、「語割れ・句またがり」という新しい詩歌の文法を発明し、実験し、結晶させ、歌壇に提出した。

「語割れ・句またがり」の先例とし

ある。だが、意味的には、「さくしかに・よりかかられて」と、「すこしずつ・えきかしてゆく」という区切りである。だから読者は、「かくめいか・さくしかに・より・かかられて・すこしずつ・えきか・してゆくピアノ」と発音することになる。

　これが、現代短歌に「變＝革命」を起こそうとした塚本邦雄が、満を持して提出した新技法だった。「よりかかる」という言葉が二つの句（ここでは二句目と三句目）に分断されているので「語割《ごわ》れ」と言う。また、一つの言葉が二つの句にまたがっているので、「句《く》またがり」とも言う。「語割れ・句またがり」。これこそ、現代短歌にとって、コロンブスの卵だった。はるか後年、俵万智『サラダ記念日』が、この技法に新しい命を吹き込む。

　大切なのは、革命歌の言葉の意味ではなく、革命歌の音の響きである。革命歌を美しく響かせるピアノのくきやかな音は、言葉の意味しか重視しない散文的な作詞家によって、存在感を失い、溶けていった。瀕死のピアノの悲鳴は、短歌という形式の悲鳴である。革命的に新しい短歌の響きを、今こそ取り戻そう。

ては、松尾芭蕉の「海暮れて鴨（かも）の声ほのかに白し」という俳句がある。「語割れ・句またがり」の特色は、音読のスピードが微妙に変化することにより、音韻上の魅力が際立つ点にある。「よりかかる」動作の緩慢さ、「液化してゆく」速度のアンダンテ。

　加えて、この技法の最大の特色は、意味内容の曖昧化である。音韻の快感によって、意味が遠景へと退いてゆく。だから、読者の解釈に委ねられる領域が急増する。「革命歌」は作詞家が「よりかかる」目的語なのか、「革命歌の作詞家」なのか。ピアノが液化してゆくのは、平和の空洞化というマイナスなのか、平和の提唱というプラスなのか。読者の側の危機意識次第で、この短歌はどのようにも解釈できる。

　上に書いたのは、あくまで私の解釈でしかない。作者が読者に、自分の短歌作品の解釈を一義的に押し付けない。正反対の解釈すらも許容する。これもまた、「コロンブスの卵」だった。

06

燻製卵《くんせいらん》はるけき火事の香《か》にみちて母がわれ生みたること恕《ゆる》す

「變」の最大の標的は、自分自身

人間が、この世に生まれることは災難である。戦時には戦火から逃げまどい、平和な時代にも会社や家庭で「火宅」の苦悶に遭《あ》う。でも燻製卵を食べた時など、母もまた火の中で苦しんでいたことがわかり、自分を生んだ母を、許そうと思う一瞬がある。

「母がわれ生み・たること恕す」という箇所で、「語割れ・句またがり」が炸裂している。「母がわれうみ」で、ポーズが空《あ》くので、「海よ、僕らの使ふ文字では、お前の中に母がゐる。そして母よ、佛蘭西人《フランスじん》の言葉では、あなたの中に海がある」という、三

【出典】第四歌集『水銀傳説』の巻頭歌。「傳」は、「伝」の正字。

【追記】

塚本邦雄は、嗅覚の異常に発達した人だった。「料理は、舌だけでなく、鼻でも味わうものだ」と、私に言ったことがある。「料理を目で味わう」ことは誰にでもできるが、「香りを食べる」ことはなかなかできない。新しい料理が出るたびに、塚本は香りを存分に味わっていた。

「燻製卵」の香りが、母の匂い、出産にまつわる血の匂いを、「われ」に

好達治の散文詩「郷愁」まで連想してしまう。

　塚本邦雄の歌壇への登場も、災難だった。塚本を見出した「歌壇の母」は、中井英夫と言った。『虚無への供物』の作者である。中井は、三十一歳だった塚本を二十九歳の青年歌人と偽り、ジャーナリズムに売り出した。中井は、与謝野鉄幹・晶子・石川啄木・若山牧水たちが二十歳代で青春の雄叫びを上げ、日本中を熱狂させた明治の青春を、戦後の日本に取り戻したかったのである。

　塚本邦雄は、この偽りの来歴を変えたかった。心ならずも、「中井英夫演出・塚本邦雄主演」で、「疑似《ぎじ》青年歌人劇」が発表され続けた。それにインスパイアされて、「本物の青年の歌」を歌う寺山修司・春日井建《かすがいけん》が現れたのは救いだった。だが、塚本の年齢は、死の直前まで、実年齢よりも二歳若く伝えられた。

　「塚本邦雄」は、文学的な「符牒《ふちょう》」だった。彼は短歌の世界の中で、父や母や姉や妹や妻や子を、そして「われ」の人生を自由自在に、何通りにも変え続けた。塚本邦雄は、本気で「われ」を変えたかったのだ。

蘇らせた。いわゆる「意識の流れ」である。「母がわれ生みたること恕す」。この「語割れ・句またがり」は、本当に母を恕しきってはいないこと、それほど今を生きる「われ」は不幸であることを、音律のひずみそれ自体が雄弁に物語っている。

　「われ」は、生まれてこない方がよかったのではないか。「光る針魚（さより）頭（づ）より食（くら）ふ、父めとらざりせばさはやかにわれ莫（な）し」（『水銀傳説』）。

　これは、「語割れ・句またがり」ではなく、「破調」の歌である。しいて五七五七七に合わせれば、「ひかるさよ・りづよりくらふ・ちちめとら・ざりせばさは・やかにわれなし」（五七五六七）だろうか。

　「さはやかにわれ莫し」。「われ」は、生まれる以前の「われ」まで戻って、別の生まれ方をしたかもしれない「われ」を夢想し、可能性の「われ」に成り代わって歌うのである。

07

死に死に死に死にてをはりの明るまむ青鱚《あをきす》の胎《はら》てのひらに透《す》く

小説家たちとの年齢比較

空海の、「生《う》まれ生れ生れ生れて生《せい》の始めに暗く、死に死に死に死んで死の終はりに冥《くら》し」を踏まえる。生と死を無限に繰り返す輪廻転生《りんねてんしょう》のサイクルの中に、一度かぎりの「われ」の人生がある。その前世も来世も、暗く救いがない。だが、死んで美しい青鱚の腹を見ると、「死の後に、明るく輝くこともある」と思えてくる。この歌は、直前にある「生《う》まれ生れてはじめに冥《くら》し風立てば刹那阿鼻叫喚《せつなあびけうくわん》の濱木綿《はまゆふ》」と一対。この世がかりそめのものであるとは、年齢詐称を余儀なくされた塚本自身の死生観だった。

【出典】『星餐圖』（せいさんず）。「圖」は、「図」の正字。

【追記】

塚本邦雄が愛用していた住所録とメモ帖は、長男・塚本青史氏の御厚意で、拝見させてもらった。

昭和二十七年の「住所録」は、その後もかなり長く使っていたものと見え、寺山修司の住所だけで五回書き直されている。塚本邦雄が、生涯最大の好敵手と目した岡井隆（フランス風に“Rue”と呼んでいた）は住居が四つと勤務先が一つ、書かれている。塚本が頻繁に手紙を出したり著書を贈った

塚本邦雄と年齢について、もう少し書いておきたい。塚本が昭和二十七年に使っていた住所録が、私の手元にある。実年齢は三十二歳、歌壇では三十歳。前年に、第一歌集『水葬物語』を世に問うている。この住所録の末尾に、塚本自筆の年表がある。

一九〇〇年から一九五五年までの西暦・元号・干支《えと》・その年に生まれた文学者の名前が列挙されている。この年表に、塚本は自分の実年齢を書き込んでいる。塚本が満一歳の年に庄野潤三が生まれ、三歳の年に遠藤周作、四歳の年に吉行淳之介と安部公房、五歳の年に三島由紀夫、六歳の年に慶子夫人が生まれたと記されている。あくまで自分の実年齢と、文壇で名を成した文学者たちの年齢とを比較しているのだ。

昭和二十九年のメモ帖もある。それには、小説家の年齢と作品が書かれている。三島由紀夫『煙草』二十一歳、尾崎紅葉『二人比丘尼《ににんびくに》色懺悔《いろざんげ》』十八歳、梶井基次郎『檸檬《れもん》』二十四歳、太宰治『思ひ出』二十四歳。塚本邦雄は、早熟な天才小説家たちを意識しながらも、まずは短歌の世界で、自分の地歩を固めようとしていた。

と思われる文化人たちの名前も並んでいる。歌人や俳人以外にも、蘆原英了・大熊信行・澁澤龍彦・島尾敏雄・内藤濯・福永武彦・三島由紀夫・渡辺一夫などの住所が記されている。

また、上に紹介した「年表」だが、後に一八七七年までさかのぼって、追加されている。一八七七年は、窪田空穂の生まれた年である。

この年表を見た瞬間に気づくのは、西暦の左側に名前が記されている歌人や俳人の数が少なく、右側に記されている小説家や評論家の名前が圧倒的に多い事実である。

この「年表」から、塚本邦雄の志と野心が、透けて見える。彼は、「歌人」だけで一生を終わりたくなかったのである。「文学者」への脱皮を夢見ていた。そして、小説や評論のレベルに匹敵する高みにまで、現代短歌の水準を引き上げようとした。その最初期の水先案内人が、異能の編集者で、異色の小説を書いた中井英夫だった。

08

われがもっとも惡《にく》むものわれ、鹽壺《しほつぼ》の匙《さじ》があぢさゐ色に腐れる

「われ」は何にでも、何度でも生まれ変われる

「われ」が「われ」を憎悪するのは、「われ」の生き方が、「われながら」許せないからだ。ここまでは、多くの自虐的な近代文学者と同じである。だが、ここからが違う。塩壺《しおつぼ》の中に入れっぱなしの匙が紫陽花《あじさい》の色、つまり青紫色に変色して輝いている。その美しい腐敗を見て、魂の悪にも存在価値があるのだと、発想を逆転させてしまう。次の『睡唱群島』の歌も、塚本らしい。

　雨の墨繪《すみゑ》のにじみて走る菖蒲田《しやうぶだ》にこの生あきらめよと誰《た》が聲《こゑ》

「この生あきらめよ」と、「われ」に宣告しているのは、誰あろ

【出典】第三歌集『日本人靈歌』。「靈」は、「霊」の正字。タイトルは、「黒人霊歌」のパロディ。

　車谷長吉の『鹽壺の匙』という小説のタイトルの典拠が、この歌。「われ」の率直な告白を嫌った塚本邦雄の短歌が、私小説の鬼才である小説家に影響を与えたのは、文学の不思議である。「われ」は、文学者にとって、永遠のアポリア（難題）である。

　なお、この歌の「惡」と「鹽」は、「悪」と「塩」の正字。「もっとも」と「あぢさゐ」は、「もっとも」と「あじさい」の正仮名。歴史的かなづかいで

う、「われ」である。「われ」は、「われ」を最も憎むもう一人の「われ」によって、存在価値を全否定されてしまう。だが、自殺したりすることはない。別の「われ」への輪廻転生《りんねてんしょう》が、歌人である塚本邦雄には可能だったからだ。

『小倉百人一首』で有名な藤原定家の歌。「来《こ》ぬ人を松帆《まつほ》の浦の夕凪《ゆふなぎ》に焼くや藻塩《もしほ》の身も焦《こ》がれつつ」。これは、自分を捨てた男の訪れを、ひたすら待つ女性の歌である。つまり、男性である定家が、女性に転生して歌っているのだ。虚構、作り話である。

さらに、その昔。定家が愛読した『源氏物語』は、どこにもいない光源氏という人物を主人公に据えて、荒唐無稽なフィクションを繰り広げた。それが、日本文化の最高傑作なのだ。

いったい、いつから、文学者は嘘を書いてはならないとか、作品の中の「われ」は作者自身と同一人物でなければならない、などという約束事ができてしまったのか。そんなくだらない約束は、破ってしまえ。もっと素晴らしい「われ」に、「われ」は言葉の力で生まれ変わろう。これもまた、「變」の思想であった。

は、「もっとも」の「っ」(促音)を「つ」と大きく表記する。ただし、カタカナでは「ッ」と小さく書く。

【追記】

「鹽壺の匙があぢさゐ色に腐れる」。塩壺の匙が、錆びている。その錆が、青紫色をしていた。それを「腐れる」と形容したのは、紫陽花が枯れている(紫陽花が腐っている)情景を、作者に連想させたからだ。「匙」が「紫陽花」なのだ。

そして、上の句の「われがもつとも惡むものわれ」。「われ」の魂は、紫色に、毒々しく変相し、青光りしている。それは、清く正しく美しく、この世を生きたいと願う「善」の心と最も遠い、「悪」の魂である。

「惡(にく)む」には、「惡(あく)」が懸詞(かけことば)として重なっている。だから、「われ」は、「惡の魂を持つわれ」を最も憎みつつ、さらなる「惡」の魂を持った人間への転生を願うのである。

09

殺戮《さつりく》の果てし野にとり遺《のこ》されしオルガンがひとり奏でる雅歌を

【出典】第一歌集『水葬物語』。三島由紀夫の推薦で『文學界』昭和二十七年九月号に掲載された『水葬物語』よりの抜粋十首の中にも、この歌は入っている。

短歌には、文化を変える力がある

「殺戮の果てし野」とは、戦争直後の荒涼とした精神風景のシンボルだろう。優しい心を持った日本人もいなくなり、豊かで優美だった日本文化も壊滅した。これが、敗戦のもたらした、悪《あ》しき「變」である。だが、ここに一人の歌人が生き残った。彼は、自分の肉体を一台のオルガンに変身させて、「まことの歌」を歌い始める。塚本邦雄は、「オルガンが奏でる雅歌」によって「新生日本の新しい文化」を示そうとする。すなわち、「雅歌」は、未来に出現すべき、良き「變」のシンボルである。

【追記】

「語割れ・句またがり」によって強調される「とり／遺されし」の「とり」と、「オルガンが／ひとり」の「とり」の反復が、耳に心地よく響く。

また、冒頭の「殺戮」の暗さと、末尾の「雅歌」の明るさとのコントラストが、鮮やかである。

何が、未来の文化の「變」をもたらすのか。「オルガンがひとり」と、擬人化されていることに注目したい。繰り返すけれども、この「オルガン」こそ、精神の殺戮（ホロコースト）をかろうじて免れた「歌人」塚本邦雄、その人である。

彼の第一歌集『水葬物語』の跋《ばつ》（あとがき）は、新しい短歌、新しい文学、新しい芸術の樹立を、高らかに宣言している。「僕たちはかつて、素晴らしく明晰な窓と、爽快な線を有《も》つ、ある殿堂の縮尺圖を設計した。それは屡屡《しばしば》書き改められ、附加され、ややうやく圖の上に、不可視の映像が著著《ちやくちやく》と組みたてられつつあつた。その室・室の鏡には、過剰抒情の曇りも汚點《をてん》もなく、それぞれの階段は正しく三十一で、然《しか》も各階は、韻律の陶酔から正しくめざめ、壁間の飾燈は、批評としての諷刺、感傷なき叡智にきらめき、流れてくる音樂は、敍事性の蘇りとロマンへの誘《いざな》ひとを、美しく語りかける筈《はず》であつた」。この「音楽」こそ、殺戮の果てた野に取り残された一台のオルガンたらんとした若き芸術家が、作ろうとした新しい文化なのだった。

敗戦による文化の暗転と、芸術による文化の復興という、明暗二つの「變相」が、対比的に描かれている。

塚本邦雄は、キリスト教徒ではないが、文学作品として聖書を愛読した。『旧約聖書』の「雅歌」に題材を得た短歌も多い。

「音樂は夏あけぼのの空わたりなんぢ閉ぢたる花園（くわゐん）のごとし」。「わがまみは野鴿（のばと）の雄（をす）のひとり巣にありて友呼ぶあはれ空色（そらいろ）」（共に『新月祭』）などである。

塚本邦雄は新婚当初の昭和二十三年、倉敷に赴任した。倉敷には、大原美術館がある。塚本はしばしばこの美術館を訪れて、ギュスターヴ・モローの名作「雅歌」を凝視した。

モローの「雅歌」には、殺戮の血なまぐさい雰囲気はないが、塚本邦雄にとっての「雅歌」のイメージは、このモローの絵のように典雅なものだっただろう。

10

聖母像ばかりならべてある美術館の出口につづく火薬庫

【出典】第一歌集『水葬物語』。

【追記】

この歌も、「語割れ・句またがり」の大技が強烈である。「せいぼぞう・ばかりならべて・あるびじゅつ・かんのでぐちに・つづくかやくこ」。「美術館」という言葉が、二つの句に分断されている。そのため、見た目のよい「美」や、大衆受けのする「平和」ばかりを並べ立てて、人間性の暗部を覆い隠そうとする「美術館」が、贋物の芸術であり、いびつに歪（ゆが）んだ文明の産物であることが、

国家を変える短歌もある

『水葬物語』の跋《ばつ》（あとがき）で宣言されていた「批評としての諷刺」の実例が、この歌である。美しい、いや、美しすぎるマリア像は、国民のウケがよい。そして、迫り来る世界の破滅の恐ろしさを、見事に忘れさせる。だから、平和と幸福のシンボルである聖母像だけしか陳列していない美術館は、人類を殲滅《せんめつ》させてしまう火薬庫と同列である。見せかけの平和にだまされると、人類と文化は殲滅されてしまうだろう。

塚本邦雄は、なぜ「變」にこだわったのか。それは、戦後日本

の長い平和によって「危機意識」が薄れることを恐れたからだった。塚本短歌は、「批評意識」という魔法の指だった。ちょっと見ただけではプラスの価値を持つように見える文化的偽装を見破り、尽《ことごと》くマイナスのものへと変型させてしまう。

処刑《しょけい》さるるごとき姿に髪あらふ少女、明らかにつづく戰後は

『日本人靈歌』の中の一首である。可憐な少女が髪を洗う清楚《せいそ》な仕種《しぐさ》の中に、塚本は戦争による惨劇との共通点を敏感に嗅ぎ取る。そして、「戦争が、また来るぞ。いや、既に新たな戦争は、どこかで始まっているのだ」と、警鐘を打ち鳴らす。

紀貫之は、和歌にはさまざまな奇跡を起こす力があると、『古今和歌集』仮名序で宣言した。塚本邦雄は、現代短歌に何ができると信じていたのか。「五七五七七」を第二芸術論の批判から救出し、批評文学、それも文明批評へと組み換え、現代文明の直面している危機を暴きだしたかったのである。短歌には、人間と世界を、そして国家を変えるだけの力がある。その力を信じるところから、「變」の文学者・塚本邦雄は歩み始めた。

「語割れ・句またがり」のギクシャクとしたリズムによって証明される。

しかも、この歌は、「聖母像ばかりならべてある美術館の出口につづく」までの二十七音が、最後に置かれた「火藥庫」という名詞にかかる修飾句である。つまり、「体言止め」である。

この歌は、「火藥庫」という主語を示した段階で、終わってしまう。この「火藥庫」という主語の次に、どのような述語が現れるかは、読者の想像の領域に委(ゆだ)ねられる。

私は、この歌を初めて読んだ時に、頭の中で、「ボム!」という轟音と共に、何かが弾けたことを覚えている。はじけ飛んだのは、インチキの芸術だったのか。それとも、「平和国家・日本」のメッキが剝(は)げたのか。

短歌は、強力な破壊兵器なのだということが、私には実感できた。たった三十一音なのに、国家を変える力がある。心の震えが、止まらなかった。

11

帝王のかく閑《しづ》かなる怒りもて割《さ》く新月の香《か》のたちばなを

【出典】第六歌集『感幻樂』。

【追記】

「たちばな」の香りは、昔の恋の記憶をよみがえらせる。『古今和歌集』の読み人知らずの歌に、「五月（さつき）待つ花橘の香をかげば昔の人の袖の香ぞする」とある。柑橘類の果物の爽やかな香を、塚本は殊に愛した。

だが、この11の歌では、橘がよみがえらせるのは、「昔の理想の政治形態」であり、「今は失われた日本文化」である。後鳥羽院は、「和歌」という文化の力で、天皇親政の古代文化を復活

王国と国王

橘《たちばな》は、花も実も、かぐわしい。懐かしく、心が落ち着く香りである。その橘の実を、静かだけれども激しい怒りで、真っ二つに割《わ》る帝王がいる。それは、何に対して向けられた怒りなのか。

この歌は、後鳥羽院《ごとばいん》に寄せた連作「菊花變《きくかへん》」の中の一首である。天皇家の紋章が菊であるのは、後鳥羽院が菊を愛好した事実に由来するとも言われる。その後鳥羽院は、塚本邦雄が偏愛した帝王だった。『新古今和歌集』という空前の豪華なアンソロジーを残したこと、一二二一年の承久の乱で鎌倉幕府に敗れて隠岐の

島へ流される悲運に耐えたこと、何よりも名前の「ごとば」が「ことば=言葉」に通じていること、などの理由である。

　塚本邦雄の目は、現実世界を「變」の姿において捉える。絶えず変わり続けるプロセスの一瞬が、「現にある、今の世界」である。その中において、「永遠に変わらないもの」を求め続けた一連の人々が、塚本邦雄の心を引き付ける。「變」の対極にある「不變」。その世界こそ、塚本が憧れる幻の「王国」である。彼は、「国王」「帝王」「皇帝」に対して、特別の思い入れを持っていた。皇帝ネロ、国王ルードヴィッヒ二世たちは、地上の最高権力者でありながら、現実を越えた「魂の王国」の帝王たらんとし、現実世界の「変容」を試みて挫折し、悲劇的な最期を遂げる。

　塚本邦雄は、「言葉の王国」の国土たらんとした。「言語領」の伯爵、「言葉の帝国」の皇帝、「反世界」の魔王。現実世界のほかに、その重みと釣り合う「もう一つの王国」がある。後鳥羽院の閑かなる怒りは、塚本邦雄の怒りでもあった。その怒りは、橘の香のように爽快である。


させ、悪しき武家勢力を一掃しようとして、敗れ去った。その志の美しさ、そして、見事なまでの敗けっぷり。それらが、「新月の香のたちばな」の爽やかさに象徴されている。

　「割(さ)く」とある。後鳥羽院は、自らが願った美しい「夢の王国」を、自身の手で砕いた。彼は、鎌倉幕府への無謀な戦いによって、心ならずも敗れ去ったのではない。現実世界での破滅を知りつつ、あえて負け戦を挑み、自分から進んで破滅したのだ。そして、遠い隠岐の島へと、「美しい日本文化」をまるごと持参して、流されていった。この時、日本という現実世界から、「美しいもの」や「香りたつもの」は、根こそぎ失われた。後鳥羽院は、「永遠の王国」への亡命に成功し、その道連れに「美」を拉致（らち）していったのである。

　塚本邦雄は後に、この短歌をモチーフとした長編小説『菊帝悲歌　小説後鳥羽院』を書き、院の魂に献じた。

12

紫陽花《あぢさゐ》のかなたなる血の調理臺《てうりだい》　こよひ食人《しよくじん》のたのしみあらむ

悪の王国という新大陸の発見

塚本邦雄は、「もう一つの世界」の王たらんと志した。この「もう一つの世界」は、「現実世界ではないもの」という意味だから、無数に構築できた。その一つが、「悪の王国」である。現実世界に生きる者は、「道徳」によって固く縛られている。それを裏返せば、道徳に縛られない「悪の王国」が発見できる。

紫陽花《あじさい》は、塚本の愛する花である。嗅覚が敏感な塚本は、味覚にも敏感だった。彼は、紫陽花の花を見ていて、口の中に「血の香り」を感じた。その「血の味」が、「こよひ食人のたのしみあ

【出典】第五歌集『綠色研究』。「反神論」の「反世界」の中に含まれる作品。この「食人」の歌の直後には、「轢死（れきし）あれ　轢死あれ　われは屋上に蜂の巣の肺抱きて渇くを」とある。当時、塚本邦雄は肺結核を患い、会社を休職中だった。

結核で肺を病む「われ」は、ビルの屋上から下界を見おろし、地上の人々が車に轢（ひ）かれるイメージを連想し、「轢死あれ」と願っている。この世を呪（のろ）っているのだ。

【追記】

塚本邦雄は『裝飾樂句』で、「水に

らむ」という残酷な食事光景を連想させたのである。

紫陽花の花の向こうには、目には見えないけれども、調理台があるのだろう。そこでは、人が人を食う事態が起きている。

第二歌集『装飾樂句《カデンツァ》』にも、肝を冷やす歌がある。


不安なる今日の始まりミキサーの中ずたずたの人蔘廻《にんじんまは》る

「ずたずたの人蔘（人参）」の「蔘」を消すと、「ずたずたの人」になる。朝の食卓で、人間がばらばらにされる陰惨なイメージが、何とも強烈である。だが、ここで考えようではないか。人間性を抑圧し、精神の自由を奪い、善良な市民の生血《いきち》を絞り、生肉《なまにく》を食らっているのは、「戦後日本」という国家そのものではなかったか。あるいは、臣民たちを戦場に駆り立てて戦死させた「戦時体制下の日本国家」ではなかったか。そして、「未来の日本」もまた、人間性を抹殺しないという保証はどこにもない。

塚本邦雄の「悪の王国」は、今、ここにある日本という国家のカリカチュア（戯画）だった。現実世界の忠実な写像であるからこそ、「悪の王国」の衝撃は大きかったのである。


卵うむ蜉蝣（かげろふ）よわれにまだ悪なさむための半生がある」とも歌っている。塚本と「前衛短歌論争」を繰り広げた詩人の大岡信は、この点を捕えて攻撃し、「悪を志向する精神」と「悪の文学」の不毛を問いただした。悪は、何かを新しく創造することはあるのか、非生産的な発想ではないのか、という詰問である。

確かに、「悪」は「善」の対極としてのみ意味を持つ。だが、この世の「善」を手放しで信じてよいのかというのが、塚本の発想なのだ。現代短歌の主流であるアララギ派は、「写生」理論によって、現実世界をありのままに写すことを最終目的とした。それは、「現実肯定」の発想である。

だが塚本は、自分が生かされているこの世を、まるごとは肯定できないのである。梶井基次郎が「檸檬」（レモン）という果実で、丸善を爆破しようとしたように、塚本は想像力で現実世界に「變」を起こそうと願ったのだ。

13 桔梗苦《ききやうにが》しこのにがみもて満たしめむ男の世界全《また》く昏《く》れたり

【出典】第七歌集『星餐圖』。このタイトルは、イエス・キリストと十二使徒との最後の晩餐を描いた『聖餐圖』のパロディであるだけでなく、『凄惨圖』の懸詞(かけことば)でもある。

【追記】
塚本邦雄が、短歌から小説へと本格的に船出した時、文壇での位置を確保するために、話題性と、その頃の文壇の潮流に乗って「同性愛」を戦略として採用したという側面もある。
三島由紀夫が、自分の小説を世界文学に仲間入りさせ、ノーベル賞に輝く

男同士の愛の世界を歌う

塚本邦雄が造り上げた「もう一つの世界」は、男同士の愛の世界という姿でも現れた。現実世界は、男と女の愛だけを幸福と考え、婚姻と出産を人生の理想と見なしている。それへの、強烈なアンチテーゼである。桔梗の根は漢方薬として用いられ、まことに苦い。その苦さが、男しか愛せない男の心に満ちてくる「明日のない人生の苦み」と重なる。

この点で、塚本邦雄の文学は、三島由紀夫の世界と大変によく似ている。三島には、女性を愛せない青年の苦悩をテーマとした

名作『仮面の告白』がある。三島が塚本を高く評価したのも、うなずける。塚本邦雄は多数の小説も書いたが、最初の単行本は『紺青《こんじやう》のわかれ』であり、男同士の愛のはかなさを描いていた。キリスト教と性との問題を扱った『反婚默示録《はんこんもくしろく》』の冒頭には、

　合歓《ねむ》の花見ずてあり經《ふ》る七月のなんぢ婚姻《こんいん》する勿《なか》れとぞ

が掲げられている（この歌の初出は、第九歌集『青き菊の主題』）。

現実を生きる塚本邦雄は、「蘇枋乙女《すおうおとめ》」と呼んだ慶子夫人（歌人でもあった）と、美丈夫の一子・青史《せいし》（小説家）、そして愛犬・百合若《ゆりわか》に恵まれた、幸福な家庭人だった。だが、現実世界の「幸福」とは別の「幸福」を求める渇きが、塚本にはあった。

　夫婦と犬つめたき葡萄《ぶだう》かこみをりあやふくボルジア家《け》に連《つら》なりつ　（『緑色研究』）

　家庭生活の欺瞞を見抜く批評精神の持ち主の目には、幸福な家庭が権謀術数を常とする冷酷な家庭へと一瞬で変容する。苦みに満ちた男同士の愛の王国は、その苦みによって、現実世界での家庭の苦みを帳消しにしようとするものだった。

ための戦略として、アメリカで流行している「ゲイ文学」を採用したこととも似ている。

　当時、塚本邦雄の作品のマネジメントと著書の装幀を一手に担っていたのは、政田岑生（まさだ・きしお）という詩人だった。「同性愛」という戦略の設定は、政田が主導し、塚本が同調したというふうにも、考えられる。

　むろん、塚本邦雄本人に、そのような心性があったからこそではある。塚本の才能を発掘した中井英夫にも、その傾向は顕著だった。

　私は二十歳頃から塚本に師事した弟子であるが、塚本の周囲にいる青年歌人たちの多くが美貌の持ち主であることと、何人か体育会系的な好漢が交じっていることが、ずっとコンプレックスの種だった。むろん、塚本は何人もの女性弟子を慈しみ、しっかりと育て上げた。だが、「家庭の幸福」と「文学の幸福」とが別の次元のものだという信念は、生涯変わらなかった。

14

夏もよしつねならぬ身と人はいへたかねに顚《た》ちていかに花月《くわげつ》は

【出典】『雪月花——良經・家隆・定家名作選』の「あとがき」。

「言葉の王国」の帝王として

この歌の意味は、ほとんど考えなくてもよい。「よしつね」（藤原良経）、「いへたか」（藤原家隆）、「ていか」（藤原定家）という、三人の歌人の名前が隠されている。「物名歌」（ぶつめいか・もののなのうた）と呼ばれる古典和歌の技法である。この技法は、リアリズム万能の近代短歌では滅びていた。芸術が「遊び」であるという側面がないがしろにされ、「人生探究」が重視された。塚本邦雄は、現代短歌に「言葉遊び」を見事に復活させた。

別世界の「王国」をいくつも作り上げた塚本邦雄だったが、そ

【追記】

「湊合歌集にみづから聽する沓冠鎖歌七首」は、七首すべてが同じ文字数で印刷され、四角形の整然とした図形となっている。また、三人の男たちの友情の記念碑であるだけでなく、それぞれの歌には、塚本邦雄の代表的な著書のタイトルや、故郷を始め、住んだことのある地名が織り込まれ、なおかつ短歌に賭けてきた人生への回顧などが含まれている。

の最大のものは「言葉の王国」だった。昭和五十七年、全歌集である『定本 塚本邦雄 湊合《そうごう》歌集《かしゅう》』が出版された。本巻千五百五十一ページ、別巻三百二十七ページの大冊だった。その末尾に、「湊合歌集にみづから贐《はなむけ》する沓冠《くつかぶり》鎖歌《くさりうた》七首」が掲げられた。

必然の時こそいたれ掌《て》におもき書と臘梅《らふばい》の香をかなしみつ
緑青館驟雨ののちをしづくせりあとかたもなきけさの櫻か
八雲立つ出雲おもへば宍道湖の遠《をち》にかがやくわが月日かも
涼しさは夜の玉簾《たますだれ》花西風にいざさらば忘れはてむふるさと
菊青き王國をこそえらびしかこのまひる水の上にまたたく
白妙の霜やきらめくあけぼのはわがつづりたる百巻の書に
恩愛《おんあい》のきりぎしにして振仰《ふりさ》くるたかむらにふりしきる霰を

七首の最初の一音だけを切り出して右から左へと読めば、「ひろやす・きしお」。最後の文字だけを繋げて読めば、「つかもと・くにを」。すなわち、この本の編集者である箱根裕泰《ひろやす》、塚本邦雄のマネジメントを引き受けてきた政田岑生《きしお》、著者の塚本邦雄《つかもとくにを》。この七首は、三人の男たちの友情のモニュメントだったのである。

「言葉遊び」の歌にも、「実感＝リアリティ」を封じ込めることが可能なのである。塚本邦雄には、『國語精粋記』という評論書があり、「言葉遊び」の歴史をたどっている。

ちなみに、私（島内景二・しまうちけいじ）は、名前を織り込んだ短歌を二首、俳句を一句、塚本邦雄から作ってもらった。

「うやうやしまうちきみ書く玉章（たまづさ）のくれなゐの罫（けい）膩（じ）のごときかな」（『詞花芳名帖』）。「まうちきみ」（あなた）という古語は、私が国文学者だから使ってある。「しまうち」と「けいじ」が巧妙に隠されている。

「島宇宙きらめく夜夜の青海波《せいがいは》月雪花の啓示あたらし」（拙宅の新築祝いの色紙）。「島宇宙」が、「しまうち」、「啓示」が「けいじ」である。

「槿（あさがほ）はしましの榮（は）えをうち笑みて」（毛筆の扇子）。「しま」と「うち」が、入っている。

15

涙
そそぐ
木の夕影に
なびく藤きみは
寂しき死を
ねむる
蝶

短歌は、空間芸術である

今は、初夏である。藤の花房が、たそがれ時の藤棚で風になびいている。それを見ていると、若くして死んだ君のことが思い出され、涙がこぼれてくる。ふと、蝶が飛び立った。あれは、君の魂の化身なのか。……

原本では、「藤」という漢字だけが青色（藤色）で印刷され、

【出典】『寄花戀』（はなによするこい）。

【追記】

幾何学的な空間図形は、塚本邦雄の得意とする手法だった。彼には、古典和歌を現代詩に詠み変えることに熱中した時期がある。その際にも、幾何学的な文字の配列は有効だった。

定型詩である和歌を、無秩序な散文詩に置き換えて済ませる乱雑さが、塚本には許せなかった。様式あるいは図形という「秩序＝檻」があるからこそ、そこから逃れたいという「熱情＝詩魂」が羽ばたくのだ。

その美しさとはかなさを強調されている。アポリネールの図形詩（カリグラム）を連想させるが、「幾何学的様式美」の作品である点が特色である。

三島由紀夫に、「塚本邦雄頌《しょう》」という推薦文がある。

I、塚本氏は短歌を時間藝術から空間藝術へ移し變へた。氏の短歌は立方體である。

II、塚本氏は短歌に新しい祭式を與《あた》へた。この異教の祭司によつて、短歌は新しい神を得た。

III、塚本氏は天才である。

時間芸術を、空間芸術へと置き換える。まさに、塚本短歌の本質を見抜いた評言である。厳密には、時間芸術と空間芸術の融合を目指したのだ。それが、「藤」の歌に視覚的に表れている。

かつて深く親しんだ死者を「藤」に喩え、その亡骸《なきがら》を包んで「文字の碑」が菱形《ひしがた》に造型された。その紙碑の前に「われ」が「涙」をそそいで佇《たたず》むと、亡き死者の魂である「蝶」がうれしそうに飛び回るのだ。

『定家百首』から、一例を挙げる。藤原定家の「尋ね見るつらき心の奥の海よ潮干（しほひ）の潟（かた）のいふかひもなし」の訳詩。

人の心の底に湛《たた》へる蒼い海がある
たちまち引潮となるにがい海
荒れた干潟が鈍色に光り
貝の屍骸の轉る墓原
何にならう今更
幻の陸奥《みちのく》の
心の海を
尋ねて
戀は
終

「恋の終わり」を、満潮がさあっと沖へ引いてゆくような、文字数の減少によって視覚化している。この幾何学的空間の中に、恋の始まり、恋の燃焼、恋のマンネリ、恋の消滅という「時間」が封じ込められている。

16

玩具函《おもちゃばこ》のハーモニカにも人生と呼ぶ獨房《どくばう》の二十四《にじふし》の窓

【出典】第二十五歌集『約翰傳僞書』（ヨハネでんぎしょ）。

【追記】

塚本邦雄の残した数百冊に上る著作について、発行部数、印税の比率などの詳細がどうだったのか、私は以前から関心を持っていた。すると、塚本の手控え帖を見る機会があった。

ある手帖には、出版された単行本の発行部数、定価、印税比率（必ずしも十％ではない）、印税の額、振込日が、一覧表になっていた。塚本邦雄は、通常の単行本（並装）のほかに、少部数の豪華な「特装本」（愛蔵本）も製作し

数字へのこだわり

ハーモニカの穴を刑務所の独房の窓に喩《たと》えた発想が、面白い。ならば、そこから生みだされる音は、「人生」という牢獄に収監された囚人たちの呻《うめ》き声なのか。だからこそ、ハーモニカの音色は哀愁に満ちているのだろう。しかも、無邪気な子ども用の小さなハーモニカにすら、独房がある。人間は生まれてすぐに、「人生という牢獄」に入れられてしまうのだ。

この歌のもう一つのポイントは、「二十四」という数字である。塚本邦雄は、数字に関して大変なこだわりを持ち続けた。性格的

にも几帳面だったし、近江商人の家に生まれ、五十三歳まで総合商社で経理担当として勤務したので、数字は文字と同じように「塚本邦雄の人格」の一要素だった。

数字が印象的な作品を、もう一首。

當方は二十五、銃器ブローカー、祕書求む。――桃色の踵の

戦前の古い短歌の文体を葬り去ろうとした『水葬物語』の歌である。ドライな、ハードボイルド映画の一場面のようだ。

「踵」は、「きびす・くびす・かかと」などと読むが、ここでは「かかと」と読みたい。新聞の一行広告のぶっきらぼうの文体が「短歌」になるという発見が新鮮である。「桃色の踵」をした女性秘書が下に置かれることで、がぜん、「銃器」が性的なシンボルに見えてくる。「當方は二十五」（私は二十五歳）という年齢設定が効果的である。

読者の心には、二十五歳の銃器ブローカーの男の精悍《せいかん》な顔と、それよりやや若い、桃色の踵をした妖艶《ようえん》な秘書の顔とが、くっきりと浮かんでくる。求職欄は、何と求婚欄と似ていることか。

ていたが、その部数も、並装の重版分も、きちんと区別していた。

また、第十一歌集『閑雅空間』を出版する際に、歌数の合計を三百首にそろえるため、既に発表した短歌作品に加えて、未発表の短歌を各章に何首ずつ加えてゆくかという、綿密な計算表もあった。数字の足し算や引き算を楽しんでいる様子が、手に取るようにわかった。歌集の刊行が予定より遅れたので、当初は「新作」として発表するつもりだった五十一首を活字にしてしまったが、本来の計画では、三百首を「既発表百六十六首、未発表百三十四首」に割り振る計算だった。

また、五十一首を発表してしまうと、もう一度、各章の構成を解体して、新たに配列し直して、歌数を増減している。この凝りようは、すさまじい。隠岐の島に流された後鳥羽院が、『新古今和歌集』をさらに選び直して、『隠岐本・新古今和歌集』を作りあげた執念すら連想させる。

17　一月十日　藍色《あゐいろ》に晴れヴェルレーヌの埋葬費用九百フラン

【出典】『水銀傳説』。五十首連作「*Verlaine* に寄す」の最終歌。

【追記】

上に述べた「誕辰暦」だが、一九七八年（昭和五十三）の「文芸手帖」が利用されている。本書では漢数字で引用するが、原文は「横書きのアラビア数字」である。

塚本邦雄の誕生日である「八月七日」には、三人の名前がある。一人は後から追加された痕跡のある、画家のエミール・ノルデ（一八六七）。

次に、作曲家のジョゼフ・コスマ。彼は、詩人のジャック・プレヴェール

日付へのこだわり

フランス象徴派の代表者の一人で、ランボーを熱愛した「呪《のろ》われた詩人」ヴェルレーヌの死を歌う。上田敏の『海潮音』に、「秋の日の／ヴィオロンの／ためいきの／身にしみて／ひたぶるに／うら悲し」という彼の代表作が訳されている（「落葉」）。

一八九六年一月八日の夕刻に死去したヴェルレーヌの葬儀は、十日の金曜日だった。午前十時に、サン・テチエンヌ・デュ・モン教会でミサが執《と》り行われ、午後二時に、バティニヨル墓地で埋葬された。葬儀費用は、千百六十九フラン説もあるが、九百九十

八フラン説が有力である。大詩人だが、普通の葬儀だった。

　数字にこだわる塚本邦雄は、この埋葬費用に注目した。そして、「埋葬費用九百フラン」と、具体的に歌った。端数は、切り捨てた。しかも塚本は、葬儀が行われた「一月十日」という日付を、詩と芸術にとって特別の一日と考えた。晴れ渡ったパリの藍色の空が、一月十日の記憶を永遠のものとした。

　塚本邦雄は、人が亡くなった「忌日《きにち》」と、「誕生日」に強い関心を抱いていた。塚本邦雄の遺品の中に、手書きの「誕辰暦《たんしんれき》」がある。その「一月十日」の稿には、「島村抱月（一八七一）、夏目成美《せいび》（一七四九）、高山樗牛《ちょぎゅう》（一八七一）」とある。

　私は確認していないが、おそらく塚本は、手書きの「忌日一覧」も、作成していたのではないだろうか。十月の祭日と忌日を十二首詠んだ『神無月帖』という小歌集もある。ただし、十月二十三日を「中原中也忌」としているのは、二十二日の誤記だと思われる。手帖を何回か更新する過程で、ミスが生じたのだろう。それも、命日を手書きするという、こだわりのゆえである。


と組んで、シャンソンの名曲を数多く書いた。イヴ・モンタンが歌った「バルバラ」「枯葉」は、特に名高い。ただし、コスマの生まれた年を「一九六九」と書いてから間違いに気づき、「生・一九〇五」「死・一九六九」と訂正している。シャンソン好きで、『薔薇色のゴリラ』などの著書がある塚本にとって、自分がコスマと同じ誕生日であることは、大切な意味を持っていたのではないか。

　そして、「邦雄（一九二〇）」と明記してある。対外的には「一九二二年生まれ」で通したが、「誕辰暦」では当然に正しい生年を記載している。

　この「誕辰暦」には、珍しい人名も見える。十二月十一日に「北村季吟（一六二四）」とある。『源氏物語湖月抄』を著した古典学者だが、塚本と同じ近江の生まれである。俳優の「早川雪洲（六月五日）」や「岡田英次（六月十三日）」の名前が見えるのは、熱烈な映画ファンだった塚本らしい。

18 桐《きり》に藤《ふぢ》いづれむらさきふかければきみに逢《あ》ふ日の狩衣《かりぎぬ》は白

日本人なら『源氏物語』くらい読め

「歌人は、万能者たれ」。これが、塚本邦雄の口癖だった。塚本が最も嫌ったのは、「自分は本当は小説家か詩人になりたかったのだが、才能が不足していてどちらにもなれなかったので、仕方なく歌人になった」というタイプの人々だった。逆に、塚本が愛したのは、寺山修司のような、ほかのどのジャンルでも成功する才能にあふれた青年だった。

　だから塚本邦雄は、藤原俊成《しゅんぜい》の「源氏見ざる歌詠《うたよ》みは、遺恨《いこん》のことなり」という言葉を好んだ。『源氏物語』を読んだことの

【出典】『源氏五十四帖題詠』。『嵯峨御室流　花の源氏五十四帖』を、ちくま学芸文庫に収録するに際し、字句の訂正をした決定版。私（島内景二）との『源氏物語』対談を併録している。

【追記】

『源氏五十四帖題詠』から、何首かを紹介したい。

「夕映(ゆふばえ)にくれなゐにほふ浅茅生(あさぢふ)も蓬生(よもぎふ)もわがとほきふるさと」。

　末摘花（すえつむはな）という不思議なヒロインが登場する蓬生巻を詠んだ歌。「くれなゐにほふ」は、植物の

ない歌人は、取るに足らない存在である。ならば、現代歌人は、どの程度、自分の国の古典を血肉化できているのか。近代短歌の主流は、『万葉集』を聖典と崇《あが》めるアララギ派であるが、『万葉集』しか読まない、いや『万葉集』しか読めない歌人ならば、おそらく『万葉集』すら読めていないのではないか。

そこで、塚本邦雄は『国歌大観』と『私家集大成』をひもとき、全巻を読み通した。さらに、岩波書店の『日本古典文学大系』で、ほとんどの古典文学を熟読した。古典文学のすべてに通じようとしたのだ。そして、『源氏物語』にも挑み、自分の芸術観に合わせ吸収して、栄養源とした。

この歌は、「桐の花」のような母のイメージを、「藤の花」のような藤壺へぶつけて、密通に走った光源氏の恋を表現している。桐も藤も、紫色をしている。高貴な紫は、地上の汚れに濁らない清らかな魂の色である。だから光源氏は、「きみ＝藤壺」と逢う日には、白い狩衣を着よう、と歌う。男の心の純白が、「女なるもの」の高貴な紫を、さらにいっそう美しく際立《きわだ》たせるのだ。

末摘花（紅花）の花の赤さと、女性の名前の末摘花の鼻の赤さを重ねている。だが塚本は、荒れ果てた屋敷でひたすら光源氏の訪れを待ち続けた末摘花に、好意的である。光源氏は、彼女の屋敷を自分の懐かしい「ふるさと」と認識した。末摘花の恋は、勝利した。

「かげろふの影ぞはかなき舟ひとつさまよひ出(い)でて行方(ゆくへ)知らえず」。

宇治十帖の蜻蛉（かげろう）巻を詠んだ歌。薫と匂宮。二人の貴公子から愛されて、未来を閉ざされ、自ら命を絶とうとした浮舟（うきふね）の悲劇を歌っている。

与謝野晶子にも、『源氏物語』の五十四帖にちなんだ連作短歌がある。晶子は、女の立場で『源氏物語』を歌っている。塚本邦雄は、女心を歌っても男性的である。

塚本は、『源氏物語』の中から、美として結晶する場面と人間心理を選んで歌っているのだ。

19　昔、男ありけり風の中の蓼《たで》ひとよりもかなしみと契《ちぎ》りつ

『伊勢物語』も忘れるな

藤原俊成になり代わって、「源氏見ざる歌詠みは、遺恨のことなり」という警告を発し、古典を忘れた現代歌人を覚醒させた塚本邦雄は、『伊勢物語』も愛した。

「昔、男／ありけり風の／中の蓼／ひとよりもかな／しみと契りつ」という「語割れ・句またがり」が強烈である。分断された「かなしみ」という言葉が、まるで心臓が真っ二つに裂けたように、「昔男」と呼ばれた在原業平《ありわらのなりひら》の恋の痛みを伝えている。

在原業平は、伝説では三千七百三十三人もの女性と契った（関

【出典】間奏歌集『睡唱群島』。

【追記】

『露とこたへて　業平朝臣歌物語』は、どのような小説なのだろうか。業平が、「二条の后」こと藤原高子（たかいこ）と引き裂かれる場面がある。業平は、哀しみのあまり、「月やあらぬ春や昔の春ならぬわが身一つはもとの身にして」と、『伊勢物語』で歌った。この歌の直後に置かれた『露とこたへて』の文章を、引用する。

「あの人は變(かは)ってしまった。(中略)きつと來年の春もここへ忍んで來て、白梅の下、月の光に濡れなが

係した）と言われる。だが、彼は「女性＝ひと」と交わったのではない。体を重ねれば重ねるほど、男の心には哀しみが蓄積していった。なぜなら、彼が契ったのは、人生に絶望して「かなしみ」の化身となった女性ばかりだったのだから。

哀しみは、苦《にが》みの別名である。蓼《たで》の葉は、「蓼食う虫も好き好き」という諺があるように、苦い。この蓼の苦みは、この世を男として生きる、いや、男として生きるしかなかった業平の、心の苦みなのだ。風は、厳しい人生の比喩だろう。

塚本邦雄は、小説『露とこたへて　業平朝臣《あそん》歌物語』も著した。高校の古文の時間に教室で学んだ『伊勢物語』の有名な和歌に交じって、塚本は自作の創作和歌を、何と八十一首も挿入している。そして、「跋文（あとがき）」にも、創作和歌の一首が添えられている。あわせて、八十二首。

これだけ、塚本邦雄が耽溺できた古典物語は、『伊勢物語』だけである。それだけ、彼が抱え込んだ心の哀しみは、大きかったのだろう。

らこの悲歌を口遊(くちずさ)むだらう。しかし、一年この悲しみに耐へられるだらうか。彼は咽喉(のど)まで苦いもののこみ上げてくるのを覚える。後朝(きぬぎぬ)に似て、東雲（しののめ）の仄明(ほのあか)りが肩に及ぶ。彼は力なく立上(たちあが)つて、また門を擦(す)り抜け、影のやうに外へ迷ひ出る。その時、彼の立去つた後の庭に、梅が一瞬烈(はげ)しく馨(かを)つた」。

のど元まで突き上げてくる「苦み」。そして、一瞬、烈しく薫った梅。業平が嗅いだ梅の芳香を、『露とこたへて』の読者も、鋭く嗅いだような気持ちがすることだろう。

その芳香が、のど元までこみ上げてきた「苦み」と入りまじって、何とも言えない「もどかしさ」となる。この感覚こそ、「永遠なるものへの憧れ」である。塚本邦雄が一生を賭けて追い求めた、「もう一つの世界」へ入るための扉が、この香りである。

20

おおはるかなる沖には雪のふるものを胡椒《こせう》こぼれしあかときの皿

【出典】『感幻樂』の「花曜　隆達節によせる初七調組唄風カンタータ」より。「初七調」とは、「七七五七七」という意味。

【追記】

「おおはるかなる」の歌は、『狂言歌謡』の「石神」(いしがみ)の本歌取りである。「おおはるかなる、沖にも石のあるものを、夷(えびす)の御前(ごぜ)の、腰掛(こしかけ)の石」とある箇所である。また、『閑吟集』の、「水に降る雪、白うは言はじ、消え消ゆるとも」も踏まえている。

歌謡という庶民文芸の現代性

塚本邦雄の母方の叔父に、外村吉之介《とのむらきちのすけ》がいた。彼は、民芸運動の中心人物の一人である。庶民芸術が、そのまま現代芸術の最先端であることを示した運動である。塚本は、『梁塵秘抄』『閑吟集』『隆達小唄』『田植草紙』を愛した。これらは「歌謡」であって、「和歌」ではない。歌謡を愛した帝王として、後白河院や後鳥羽院がいたことは知られているが、その歌詞の作者名はほとんど伝わっていない。名もない庶民が作ったものだからである。

和歌の世界であれば、全部で二十一ある勅撰和歌集に選ばれたら、日本という国があるかぎり、永遠にその作品と作者名は語り伝えられる。だが、中世以降の勅撰和歌集では、麗々しく名前が記されているのは、天皇・后・摂関・大臣・納言などの肩書きを持つ、ごく少数の皇族・貴族ばかりである。

　芸術的な才能に満ちあふれながら、低い身分に生まれた天才たちは、どこへ消えたのか。おそらく、「歌謡」作者になっただろう。塚本邦雄にとって、サラリーマンである自分が「前衛歌人」としてジャーナリズムで活躍できたことは、奇跡に近かった。だから、中世や近世の歌謡作者は、白分の分身だった。

　さて、「おおはるかなる」の歌は、「七七五七七」の定型詩である。「七七五七七」の音律は、朗誦・音読に最適である。だから、塚本はこの歌謡調の現代短歌をたくさん作った。

　塚本短歌にとって、「意味」は二義的なもの。夜の海を大きな皿、そして海に降る雪を胡椒に喩《たと》えている。塚本は自宅の「暁の皿」にこぼれた胡椒を見て、海の沖で降っては消える雪を連想したのだろう、などと自由にイメージを膨らませればよい。

　改めて、塚本の「おおはるかなる沖には雪のふるものを胡椒こぼれしあかときの皿」を読み返そう。すると、「雪」の白と、「胡椒」の黒との対比が鮮烈であることに気づく。さらに、「雪」は消えるが、「胡椒」は消えないという対比もある。「雪のふるものを」の「ふる」は、「降る」とも「零る」とも書くが、「零る」は「こぼる」とも読む。それが、「胡椒こぼれし」という言葉につながってゆく。

　『閑吟集』の、「水に降る雪、白うは言はじ、消え消ゆるとも」が、「私の命が消えたとしても、あの人が好きだとは白状しないつもりだ」という女心を歌っているので、塚本の「おおはるかなる」にも恋の苦しみがモチーフになっていることが推測できる。

　降ってはすぐに消えてゆく海上の雪のように、空しく不毛な愛。そして、胡椒のように、ひりひりする愛。世間からは決して祝福されない、苦しい恋なのだろう。

21

掌《てのひら》の釘の孔《あな》もてみづからをイエスは支《ささ》ふ　風の雁來紅《かまつか》

クリスチャンならずとも『聖書』を読め

「源氏見ざる歌詠みは、遺恨のことなり」という藤原俊成の言葉をもじって、塚本邦雄は「聖書見ざる歌詠みは、遺恨のことなり」とも言った。彼の知的好奇心は、日本の古典だけでなく、西洋文化の根源にも向けられていた。

塚本家は浄土宗だったが、妻の要望もあり、本門法華宗の妙蓮寺（京都市）に眠っている。塚本はキリスト教徒ではなかったが、倉敷民芸館の館長を務めた叔父の外村吉之介からもらった『聖書』を愛読した。読み過ぎてぼろぼろになり、自分でルオーの絵

【出典】『星餐圖』。後に、キリスト教と関わる短歌作品を集めた『眩暈祈禱書』（げんうんきとうしょ）にも収録された。

【追記】

「雁來紅」は、『枕草子』にも出てくる。「かまつかの花、らうたげなり。名ぞ、うたてある。雁の来る花とぞ、文字には書きたる」とある。「かまつか」という発音はよくないが、花それ自体は可憐である。漢字で雁来花（紅）と書く、という意味である。

塚本邦雄は、イエスを主人公とした小説『荆冠傳說』（けいかんでんせつ）

を表紙に貼って補修した『聖書』が、今も塚本家に残っている。

塚本は『聖書』を、悟りを説く宗教書ではなく、救いを求めてあえぐ文学書として読んだ。ユダに売られて死ぬことを恐れる、弱い人間であるからこそ、塚本はイエスを愛した。神であるキリストではなく、人間イエスを、自分の分身と見なしたのだ。

「雁來紅《かまつか》」は、薔薇《ばら》科の落葉低木「ウシコロシ」を指すのではなく、葉鶏頭《はげいとう》だと考えたい。「かぜのかまつか」という頭韻を踏むためと、「紅」という漢字で磔となって釘を打たれたイエスの手の穴からしたたる赤い血を視覚的にイメージさせるために、葉鶏頭ではなく「雁來紅」という表現が使われたのだろう。

葉鶏頭の緑色の葉が色づくと、赤がにじんでくるので、どこか爛《ただ》れたようにも見える。それが風に揺れているのは、美しいと言うよりは、妖しい雰囲気である。

苦痛で身をよじるので、ともすると十字架から落ちそうになるイエスが、痛みの源である掌の釘でかろうじて十字架に留まっている姿に、塚本は自分自身の絶望の極致を見た。


を書いた。初出は文芸誌『すばる』で、タイトルは「この星の名を苦艾(にがよもぎ)といふ――小説　聖イエス傳」だった。

最後の十字架の場面を引用したい。

「イエスは腰布のみの赤裸になる。掌と足首に大釘が打込まれる。息が止まるほどの劇烈な苦痛に彼の身體は怖ろしい痙攣を起す」。「沙漠からの黒い風は眞晝を夕暮にする。みづからの重みを掌の釘で支へ、イエスは苦しい息の下から叫ぶ」。「わが神わが神なんぞ我をすて給ふや。何(いか)なれば遠く離れて我を救はず、わが歎(なげき)の聲(こゑ)をきき給はざる。ああわが神われ晝(ひる)よばはれども汝(なんぢ)こたへ給はず。夜よばはれどもわれ平安(やすき)を得ず」。

塚本の「掌の釘の孔もてみづからをイェスは支ふ　風の雁來紅」という歌は、死ぬ直前のイエスが、「神よ、なぜ私を見捨てたのですか!」と叫んだ抗議の歌だったのだ。

22

ほほゑみに肖《に》てはるかなれ霜月の火事のなかなるピアノ一臺《いちだい》

【出典】『感幻樂』の「羞明（しゅうめい）　レオナルド・ダ・ヴィンチに獻ずる58の射禱」の冒頭の歌。

【追記】

塚本邦雄は、レオナルド・ダ・ヴィンチを主人公として、長編小説『獅子流離譚　わが心のレオナルド』を書いた。「モナリザ」の絵は、モデルとなったジョコンダ夫人その人を書いたのではなく、彼女を描いたと見せかけて、実は愛する若者（男性）の顔を描いたのだ、とされている。

ダ・ヴィンチは、女性とも男性ともわかぬ「人間の魂」の真実を絵に封じ

レオナルド・ダ・ヴィンチという天才

「歌人は万能者たれ」が口癖だった塚本邦雄は、万能の天才レオナルド・ダ・ヴィンチを愛した。この歌の「ほほゑみ」は名画「モナリザ」を歌ったものである。ダ・ヴィンチが、荒涼たる風景をバックに「謎の微笑」を浮かべるモナリザを描いたのは、殺伐として救いのない現実世界にあって、いつの日か「美の神」が芸術家にほほえみかけてくれることを祈ったからだろう。

この歌は、現代を生きる芸術家が、ダ・ヴィンチと一体化して、晩年の心境を歌ったものだろう。今や、冬の「霜月」（十一月）。

青春も、男盛りの夏も、壮年の秋も過ぎ、晩年の冬となった。頭の髪も、霜のように白くなった。だが、心の中では今なお芸術という炎が、火事のように赤々と燃えさかっている。その炎の中で、漆黒のピアノが一台、天上の音楽を奏でながら燃え尽きようとしている。その最後の音は、芸術によってさえ救われない人間というものへの、慈愛に満ちたほほえみのようでもある。……ダ・ヴィンチは、音楽にも才能を発揮して、リュートを弾いたし、「ピアノヴィオラ」という楽器の図も残している。だが、彼の時代にピアノがあるはずはないので、塚本にとっての「芸術」のシンボルが、ピアノだということになる。

　塚本邦雄は、美術でいう「コラージュ」（貼り付け・合成）を試みているのだ。名画「モナリザ」の絵の女性の顔の部分に「ピアノ」を貼り付け、背景の風景の中に冬火事を貼り付けている。モナリザの微笑が、火事の中のピアノに「変相」した。このピアノの音は、この短歌の音律そのもののように優しく、激しい。そして、どこか哀しい諦めを感じさせる。

込めた。人間の魂が、美への憧れによって、肉体から離脱して、永遠の理想郷に戻りたいと願う心情を描いた。

　この小説には、ピアノは出てこない。だが、「跋」(あとがき)は、「ほほゑみに肖てはるかなれ」と題されている。

　「肖像画」は、人間の像(かたち)に肖(に)ている画(え)、という意味である。だが、真の芸術は、「ほほゑみ」に肖(に)て、まことに捕えがたく、表現しがたいものである。

　ゆまに書房から、『塚本邦雄全集』が平成十年に発刊された時（完結は十三年）、装幀を担当した間村俊一は、豪華パンフレットの中に、「ほほゑみに」の歌を掲げた。

　間村も、コラージュを得意とする芸術家である。モナリザの微笑と、火事の中のピアノという、まったく異質の二つのイメージが合体する衝撃が生み出す芸術性。そこに塚本文学の本質があると、間村は考えたのだろう。

23

ディヌ・リパッティ紺青《こんじやう》の樂句斷《た》つ　死ははじめ空間のさざなみ

音楽は、生と死の境い目

リパッティは、ルーマニア生まれのピアニスト。白血病により、三十三歳で死去。リパッティが世を去った一九五〇年には、塚本邦雄の盟友だった杉原一司も、二十五歳で早世している。

「ディヌ・リパッ／ティ紺青の／樂句斷つ」という「語割れ・句またがり」が強烈。人の名前が、突如として二つに引き裂かれる。美しい音楽が突然に止み、演奏家の命が人生の半ばで断絶したことが示される。「紺青《こんじやう》」は、「今生《こんじやう》」の懸詞《かけことば》だろう。塚本の短編小説集『紺青のわかれ』が、明らかに「今生のわかれ」の懸

【出典】『星餐圖』の「音樂は歇（や）みたり」。

【追記】

塚本邦雄は、録音マニアであり、「整理マニア」でもあった。テープに録（と）ってそのままということは絶対になく、データをきちんと書き込んでいた。今、私の手元には、塚本邦雄遺愛の二つのカセットテープがある。

一つは、「三文オペラ競演譜」と、緑色のインクで書かれている。「一九九一・八・一五」。「邦雄」という印まで押してある。A面には五人の歌手の「バルバラソング」、B面には六人の歌

詞だからである。「紺青」は、はかない人生の時間の色である。はかない時間の中を、青い色の音楽が流れ、中絶してしまう。

ところが、「空間のさざなみ」では、一転して「死の空間」を歌う。このように、時間を視覚的に空間化して歌うのが、塚本の感性である。遠く小さな、死というさざなみが、次第に大きなうねりとなって人間を呑《の》み込む。演奏者が消えた後も、さざなみが震えているように、音の震動が余韻となって、この歌の余白に漂っている。音楽は、生と死の境界にそそり立つ絶壁だった。

「死ははじめ空／間のさざなみ」という「語割れ・句またがり」は、人生という時間だけでなく、世界という空間がまっ二つに裂けた衝撃の大きさをも伝えている。その裂け目のブラック・ホールへと、芸術家と音楽は吸い込まれてゆく。読者の魂もまた。

塚本邦雄は、音楽を愛した。作曲家の黛敏郎や、チェリストの堤剛が贔屓《ひいき》だった。また西洋の歌曲も好み、大量のレコードとテープを所有していた。塚本邦雄の講演会場では、ＢＧＭとしてラテン系の音楽が鳴りっぱなしだった。

手の「海賊ジェニー」。ピア・コロンボの歌については、「歌詞、別に作られたものを歌っている」と注記を書き込んでいる。この年の終戦記念日（塚本は「敗戦忌」と呼んでいた）を、「三文オペラ」を聞きながら過ごしたのだろう。

もう一つは、アーサ・キットの歌曲。Ａ面Ｂ面に、五曲ずつ入っている。データは、三色のペンを駆使して、丁寧に書かれている。

クラシック音楽を題材とした塚本の歌を、もう一首、紹介しておく。「あかときに零(ふ)るはフォーレか青杉の實かみみしひてのちに聴(き)きなむ」（『閑雅空間』）。「ふる」「フォーレ」の「ふ」の頭韻、「實か」「みみしひて」という「み」の頭韻。「あかとき」と「青杉」の「あ」音も、効果的である。聴覚が無くなった後に聞こえる音楽こそ、まことの「音楽」だろう。究極の音楽を言葉で演奏する超絶技巧の獲得が、塚本の願いだった。

24

世界の黄昏《くわうこん》をわがたそがれとしてカルズーの繪の針の帆柱

カルズーの絵を愛す

塚本邦雄はデザイン感覚に優れ、『緑色研究《りよくしよくけんきゆう》』は自分で装幀を担当した。子息の青史も、若い頃はイラストレーターと小説の両刀使いだった。塚本の初期の短歌には、シュールレアリスムのダリと、抽象画のパウル・クレーの影響が特に強いと感じられる。

塚本は、身の周りの小箱やビデオテープの箱に、貼絵《はりえ》のごとく、写真や千代紙や外国切手を切り貼りして装飾するのが好きだった（このことは塚本が亡くなった通夜の席上でも、故人の人柄を示す最初のエピソードとして紹介された）。私の手元にある塚

【出典】第五歌集『緑色研究』の最後に据えられた歌。

【追記】

上にも書いたように、カルズーは、塚本が心から愛した画家だった。一九七一年のスケジュール手帖の四月三日には、出版社の「人文書院へ」行くという鉛筆書きのほかに、赤のボールペンで、「Carzou」と記入してある。赤字で記入されたのは、この手帖の中で、この一日だけである。『緑色研究』の末尾（塚本は「巻軸歌」と呼んで重視していた）をカルズーの歌で飾ったのも納得できる。

本遺愛の住所録の一つにも、見開きの箇所にクレーの絵が貼られている。手帖の大きさに合わせて、巧みにカットされている。

ところで、塚本邦雄が言葉の超絶技巧練習曲を作ろうと試みた『緑色研究』の最後に置いたのは、アルメニア生まれでパリで活躍した画家、カルズーの歌。病的なまでに細かな線が、特色である。カルズーは、パリのオペラ座の舞台装置も担当した。

カルズーの絵「クレオパトラ」はフランスで切手になっているが、塚本はその絵を使って私製の葉書や一筆箋《いっぴつせん》を作った。まさに、お気に入りだった。塚本の書斎に飾られていた自筆色紙を、私は頂戴したことがある。中央には「中世の歌聖」藤原定家の和歌を書き、その左右に自作の短歌二首を揮毫《きごう》していた。「釈迦三尊」を思わせる配置である。そして裏には、カルズーの「クレオパトラ」の大きな複製画が貼られている。

世界は今、ゆっくりと「黄昏」という終末に向かいつつある。それが、「わがたそがれ＝私の終末」へと変容してゆく。その甘美な痛みが、カルズーの針のような線描に象徴されている。

ちなみに、『緑色研究』の最初の歌は、ピカソである。「雉（きじ）食へばましてしのばゆ再（ま）た娶（めと）りあかあかと冬も半裸のピカソ」。繊細な塚本邦雄が、野性的なピカソを好んだのは意外である。しかも、「ましてしのばゆ」という語法は、塚本と対立した「アララギ派」の愛用する万葉調である。斎藤茂吉を連想させるようなピカソの肉食的エネルギーだが、「半裸のピカソ」という体言止めは新古今調である。万葉調を飼い慣らそうとしているようにも見える。

ピカソの歌は、「革命遠近法」という章の中の「黄昏遠近法」という節である。その次の節は、「昧爽遠近法」。塚本邦雄の残した手帖には、章や節のタイトルについての腹案を羅列したページがある。あるページに、「原罪遠近法」「逸樂遠近法」「黄昏遠近法」「逆光遠近法」などとあった。美術の「遠近法」を短歌の世界に移し替えようと試みた塚本の苦心をしのばせる。

25

馬を洗はば馬のたましひ冱《さ》ゆるまで人戀《こ》はば人あやむるこころ

映画的な発想とイメージ

塚本邦雄が「初七調《しょしちちょう》」と呼んだ「七七五七七」の音律である。「うまをあらわば／うまのたましい／さゆるまで／ひとこわばひと／あやむるこころ」と発音する。塚本邦雄の代表作であり、最高の「自賛歌」である。

私は、この歌を青年時代に知って、心から感動した。日本刀が武士の魂だとはよく言われるが、馬もまた武士の魂であると知って、心が震えた。日本の武士道の、何と厳しく、何と美しいことか。当時の私は、この馬の皮膚は、きっと漆黒の色に違いないと

【出典】第六歌集『感幻樂』。

【追記】

塚本邦雄は、毎年の手帖に、その年に見た映画を、たくさん列挙している。映画館でも、テレビでも、膨大な数の映画を観た。小説家の森茉莉（まり）は外国映画を見て、自分の小説の登場人物のキャラクターを決めたり、大切な場面構成を考えたりしたと言われる。塚本の場合には、「イメージ」の核を映画から得て、それを言葉へ変容させたのだと思われる。

映画から種をもらっても、発芽させ、生育させるのは、塚本の芸術精神

確信していた。ところが塚本自身は、この歌が誕生するきっかけとして、「白い馬」という短編映画（アルベール・ラモリス監督）を挙げている。白い馬だったのか。フランス映画だったのか。その瞬間、なぜか東山魁夷《かいい》の絵の白い馬までが脳裏をよぎった。

日本の中世とヨーロッパの現代が、時間と空間を越えた世界で融合している。塚本邦雄は、日本と西欧の「古典」と「現代芸術」を縦横に踏まえつつ、文学・音楽・美術・映画から養分を吸収するだけ吸収し、独自の「言葉の王国」を作りあげた。

三島由紀夫は、塚本から『感幻樂』を献呈され、「馬を洗はば」の歌に大きく赤鉛筆で「○」印を付け、「あやむる」の右側に「殺」と赤字（血の色）で書き込んでいる（個人蔵）。愛と殺意の距離は近い。そのことを日本と西欧の双方の芸術から知っていた三島は、塚本の歌の真価を見抜いたのである。互いの魂が利害を超えて、透き通るような人間関係。塚本の歌人としての幸運は、殺したいほどに愛《いと》しい好敵手（仇敵）が、過去にも現在にもいたことである。たとえば、藤原定家、斎藤茂吉、岡井隆。……

である。だから、日本中世の歌謡調の野太いリズムの中に、ヨーロッパ的な「白い馬」がぴったりはまり、武士道のテーマとして結実しても、おかしくはないのだ。

「馬を洗はば」の歌は、戦いの日々を生きた武士の死生観が基底にある。中世に発生した武士道は、源義経と弁慶、木曾義仲と今井兼平のように、固い信頼関係で結ばれた主従を生み出した。その二人の関係は、「人戀はば人あやむるこころ」としか言えない。

だが、日本中世の武士道を越えた、ヨーロッパ的な広がりがある。中世の騎士道や、現代の若い男女の愛を歌ったものと理解しても、間違いではない。塚本は、この「馬を洗はば」の歌を筆ペンで揮毫し、それを私製のテレホンカードにしたことがある。背景には、フランチェスコ・デル・コッサの「四月競馬」の絵が配されていた。

私も、「馬を洗はば」の色紙を毛筆で揮毫してもらい、秘蔵している。

26

突風に生卵《なまたまご》割れ、かつてかく撃《う》ちぬかれたる兵士の眼《まなこ》

比喩の衝撃力が、虚構を現実に変える

この歌が、本書の二十六首目である。塚本邦雄の「秀歌五十首」鑑賞の折り返し点を過ぎた。これまでは、塚本邦雄が作りあげ、国王として君臨した「文学の王国」の成り立ちを考えてきた。それでは、塚本の「文学の王国」とは、いったい何だったのか。

この生卵の歌は、衝撃的な「イメージ」が、読者の目に、激しい痛みを引き起こす。突風で帽子が吹き飛ばされることはあるが、生卵が割れることはない。「突風に生卵割れ」は、静止した卵が風で打ち砕かれるのだ。テーブルの上に置かれている卵が風

【出典】『日本人靈歌』の「死者の死」の巻頭歌。

【追記】

塚本邦雄は、「アンダルシアの犬」という短編映画を好んだ。眼球を剃刀（かみそり）で切るというイメージが、強烈である。ただし、眼球の破裂を歌う「兵士の眼」の歌が、「アンダルシアの犬」の本歌取りかどうかは、よくわからない。

『日本人靈歌』には、「處刑さるるごとき姿に髮あらふ少女、明らかにつづく戰後は」という歌もある（10参照）。この場合には、可憐な少女が慎ましく

で転がり始めて、下に落ちて割れるのではない。だから、これは現実の光景ではない。想像の、つまりイメージされた情景である。「撃ちぬかれたる兵士の眼」。戦場で兵士の眼が銃で撃ち抜かれる。この光景も、塚本が実際に自分自身で目撃した「現実の光景」ではない。ただし、「かつてかく」が、絶妙である。「昔、このように」。つまり、現実にあったことだと、言葉が主張しているのだ。「撃ちぬかれたる」の「たる」という完了の助動詞も、「かつてかく」と呼応して、確かにあった物語を紡ぎ始める。

ここで奇跡が起こる。「突風に生卵割れ」という虚構のイメージの持つエネルギーが、これまた戦死した虚構の兵士の物語と合体して、リアリティ（現実感）を獲得してしまうのだ。イメージの力と、物語の力が組み合わされれば、真実味のある歴史へと昇華するのだ。生卵が兵士の眼の比喩かどうか、それはもはや問題ではない。小説やノンフィクションで語り尽くされ、リアリティを失ったかにみえる「戦争」が、塚本邦雄の虚構の歌で、なまなましく現前してくる。

膝をついて髪の毛を洗う姿に、戦場で処刑されるためにひざまずかされる戦犯（捕虜）の姿を重ね合わせて、「戦争」のリアリティを高めている。

この歌でも、虚構（フィクション）が、リアリティ（現実感）を獲得している。「髪を洗う少女」が現実の情景で、戦場の処刑が虚構なのではない。どちらも、「虚構」である。確かに、この世のあちこちに、少女は存在する。そして、かつても今も、世界のどこかには戦争が確かにあった。

だが、塚本は「少女の沐浴」を目の当たりに見ているのではない。また、かつて戦場で、処刑の場面に立ち会ったわけでもない。「ありうる虚構のイメージ」を二つ重ね合わせることで、マイナスかけるマイナス、イコール、プラスの奇跡を生み出したのだ。

「物語」がイメージの衝撃力によって生動し、「現実を越えた現実」となる。これが、塚本邦雄が短歌の世界に樹立した「言葉の王国」だった。

27

にくしみに支へられたるわが生《せい》に暗緑《あんりょく》の骨の夏薔薇《なつばら》の幹

憎しみのエネルギーも、生産的である

塚本邦雄は「悪の王国」を作りあげたと、12「紫陽花《あぢさゐ》の血のかなたなる調理臺」の歌で述べたことがある。ところで、漢字の「悪」は、「あく」のほかに、「にくむ」「にくしみ」とも読む。つまり、悪の王国は、「憎悪の王国」でもあったのである。

「暗緑の骨の夏薔薇の幹」という比喩が、炸裂している。「骨のような幹」という直喩ではなく、「骨の幹」という暗喩《あんゆ》（隠喩《いんゆ》）が、鋭い。尖《とが》っている。痛い。痛々しい。触れば血が出る。何かを鋭いトゲで突き刺して、傷つけようとしている。……

【出典】第二歌集『裝飾樂句』（カデンツァ）の「惡について」。

【追記】

塚本邦雄の「にくしみ」をモチーフとする歌を、もう一首、紹介したい。

「にくしみに瞳澄むまで少年の夏群青（ぐんじやう）にきはまらむとす」（『摩多羅調（まだらちょう）』）。三句目から四句目にかけての「少年の夏／群青に」という、「語割れ・句またがり」が効果的である。夏は、白や赤ではなく、鮮やかな群青色をしている。それは、にくしみの色だからだ。憎しみは、少年の心を純粋にし、透明にす

塚本の「にくしみ」という「骨の幹」こそ、世界に傷つけられた芸術家が、世界を傷つけ返す唯一の武器だった。

どうして、塚本邦雄は、ここまで「現実」と「人間世界」を憎めるのだろうか。これほど憎まれた人間の世界は、もしかしたら、作者から激しく愛されているのではないだろうか。

塚本は、フランス象徴派の二人の天才詩人であるランボーとヴエルレーヌの関係を、次のように歌っている。

　にくしみもてこのにくしみをささへむと馬蹄《ばてい》型《けい》磁石《じしゃく》なし寝《ね》る
　われら　『水銀傳説』

「憎しみ」は「愛」へ変相するものである。25「人戀はば人あやむるこころ」という自賛歌もあった。逆に、「愛」が「憎しみ」へ変相することもある。磁石の「∩」という形は、二人の天才がN極とS極のように反発しつつ引かれ合う愛憎の形だった。世界を憎む詩人は、自分を同じくらいに強く憎み返してくれる人の出現を待ち望んでいる。そうすれば、マイナスかけるマイナスがプラスに変相する奇跡を、一人で起こせるからだ。

　そして、塚本の「にくしみ」は、次の歌で、最も美しく結晶する。

る。その心は、夏の空のように、たけだけしい憎悪の色をしている。

　私は、この歌を読むたびに、三島由紀夫の最後の小説となった『天人五衰』(てんにんごすい)に登場する「安永透」という不思議な少年を思い出す。彼は、悪と憎悪の化身だった。だが透は、本多繁邦という「悪意」の化身である老法律家の養子となり、「美しい憎しみ」を失ってしまう。マイナスかけるマイナスではなく、大きなマイナス(老人の憎悪)に小さなマイナス(少年の憎悪)が呑み込まれ、マイナスのままで終わったのだ。

　そして再び、塚本邦雄の歌を読みなおしてみる。「にくしみに瞳澄むまで少年の夏群青にきはまらむとす」。この少年も、いつかは世間と馴れ合い、折れ合い、平凡な大人になるのだろう。少年が憎悪を失う夏の終わりは、近い。だからこそ、「暗緑の骨の夏薔薇の幹」の歌は、憎悪することを忘れた大人の心に鋭く突き刺さるのだ。

28

夢の沖に鶴立ちまよふ　ことばとはいのちをおもひ出《い》づるよすが

美という幻を追い求めて

憎しみを糧《かて》として生きる芸術家は、爽快なまでに憎み返してくれる好敵手を得て、初めてプラスへと変相できる。その時、「美の王国」が現れる。塚本邦雄は、無名の青年時代には杉原一司を、そして前衛歌人として名を成してからは岡井隆を「好敵手」として、彼らを愛し、かつ憎んだ。ヴェルレーヌがランボーを愛しつつ憎んだように。だが、壮年期を過ぎる頃から、塚本はライバルとの戦いではなく、自分自身の心の中に沈潜するようになる。その時、塚本の心の中から現れ出た二人の好敵手が、「心」と

【出典】『閑雅空間』。跋文で、この歌集の代表作として掲載されている。

【追記】

人間は「美」という「いのち」を、どのようにすれば我が手に摑(つか)み取れるのだろうか。27で、三島由紀夫の『天人五衰』という小説を紹介した。塚本が敬愛した三島は、どのようにして美を摑もうとしたのか。

透は、絹江という女から愛される。絹江は心を病み、本当は醜いのに、自分が絶世の美女だと錯覚している。そして、美しさの毒で苦しんでいる自分と、世界への憎しみを支えに生きてい

「言葉」だった。「心」は、言葉による束縛を嫌う。すべての感情は、言葉にしたとたんに「嘘」になってしまうからだ。また、一つの「言葉」には辞書に載っている複数の意味があるはずなのに、その言葉を使う人の「心＝主題」に制約されて、「たった一つの意味」しか持つことができない。

　文学者は昔から、「心」を重視すれば「言葉」が貧しくなり、「言葉」を飾れば「心」が貧しくなるという二律背反に苦しんできた。塚本は、「心を憎む言葉」と「言葉を憎む心」を掛け合わせる錬金術を開発した。そして合成された金が、「いのち」である。言葉は、命を人間に思い出させる手段（＝よすが）なのだ。「夢の沖に」の歌は、「六七五七六」の音律で歌われている。「いのちをおもい／いずるよすが」。「語割れ・句またがり」の技法に、「七六」の「字足らず」技法が掛け合わされて、新しい詩の命が生まれ出たのである。

　夢の沖は、美の王国の果ての果て。そこに、美の女神である「鶴」が立って、芸術家に捕獲されるのを待っている。

る透が手を組めば、「マイナスかけるマイナス」の奇跡が出現し、この地上が天国になると語る。その直後に置かれた三島の文章が、美しい。

「……遠いところで美は哭(な)いている、と透は思うことがあった。多分水平線の少し向うで。美は鶴のように甲高く啼(な)く。その声が天地に谺(こだま)してたちまちに消える。人間の肉体にそれが宿ることがあっても、ほんのつかのまだ。絹江だけが醜さの罠(わな)で、その鶴をつかまえることに成功したのだった」。

　三島は、「醜さ」と「憎悪」を掛け合わせて「鶴」を生みだし、それを摑まえようとした。塚本は、「憎しみの心」と「心を排除した言葉」の化学反応によって生じる美を、「詩歌」という試験管の中で結晶させようとした。

　「夢の沖に鶴立ちまよふ　ことばとはいのちをおもひ出づるよすが」。この歌の裏側には、「悪」と「憎しみ」が積み上げられているのだ。

29

櫻桃《あうたう》にひかる夕《ゆふ》べの雨かつて火の海たりし街《まち》よ未來も

【出典】『透明文法』。第一歌集『水葬物語』の以前に詠んだ、初期の習作を収めている。

【追記】

人間が芸術家になりたいと思うきっかけは、さまざまだろう。失恋、落第、愛する親族との別離など。だが、それが「逃避」であってはならない。「もう一つの世界」への憧れという強いモチベーションがないと、「生まれ変わり」は成功しない。

塚本邦雄の短歌が最も熱狂的な読者を獲得したのは、一九六〇年から七〇年にかけて、安保闘争と大学紛争の時

人間が「歌人」という生き方を摑み取る時

「歌人・塚本邦雄」と「人間・塚本邦雄」は、どういう関係だったのか。書斎における「美の王国の王者」は、昼間は一サラリーマンだった。どこにでもいる平凡な家庭人が、どのようにして「芸術の王国」の扉を開いたのか。

大正九年に生まれた塚本は、戦時中、兵士として徴兵されることはなかったが、軍事徴用されて、職場の大阪を離れる。広島県呉《くれ》市の海軍工廠《こうしよう》で、四年間も働いた。広島に原爆が落ちた瞬間、そのキノコ雲を呉市から目撃した。時に、満二十五歳。

「かつて火の海たりし街よ」。かつて、人々が空襲や被爆による炎の地獄から必死に逃れようとし、逃げきれず、無惨な死体となって積み上げられた光景があった。その惨劇を、「未來も」また、繰り返すかもしれない、いや、きっと繰り返されるに違いない。平和とは、戦争と戦争の間でしかないからだ。

　塚本邦雄は、戦争のさなかで、「歌人」へと生まれ変わる決心を固めた。平凡な「人間」として生きるかぎり、徴用され、働かされ、殺される、受け身の生き方から逃れられない。だが、この危機意識と憎悪を忘れず、「歌の王国」を作れば、そこでは自らの意志で能動的に生きることができる。そうすれば、たとえ未来にどんな地獄が出現しても、たじろがずに済む。

　この時から、塚本邦雄の歌の中の「われ」は、塚本邦雄本人ではなく、この世を憎悪し睥睨《へいげい》する「もう一人のわれ」へと変貌した。「歌人・塚本邦雄」は、戦火の炎の中で生まれた。そして、戦争の熱い劫火《ごうか》を消す冷たい「雨＝芸術」となって、桜桃の実を光らせたいと熱望したのである。

代である。塚本は、自分の政治姿勢を他人に語らなかった。語るのは、「政治への憎しみ」と「現実の政治を越えた芸術への憧れ」だけだった。それが、理想を求める政治的若者たちの心を強く打った。

「少女死するまで炎天の縄跳(なはと)びのみづからの圓(ゑん)驅けぬけられぬ」(『日本人靈歌』)。「少女死する／まで炎天の」と読む。「六七五七七」の音律。少女は、自分の縄跳びの円から抜けられない。日本人は、死ぬまで日本人であるしかない。日本という国は、昔から今まで、そしてこれからも、日本であり続ける。

　でも、何とかして世界を変えたい。そして、自分も変わりたい。そう願う若者たちが、「政治の季節」に次々と現れ、塚本短歌に勇気づけられ、世界の革命と自己の変革に挑戦した。大学紛争後の「シラケ世代」に属する私が、塚本短歌に衝撃を受けたのも、自己変革への憧れゆえだった。

30

ただ一燈《ひとひ》それさへ暗きふるさとの夜夜《よよ》をまもりて母老いたまふ

「人間・塚本邦雄」を生んだ母

一九四四年、塚本邦雄は二十四歳で、母・壽賀《すが》と死別した。享年五十四。父の欽三郎は一九二〇年、邦雄の生まれた年に亡くなっていた。母へのレクイエム六十六首を収めた『薄明母音《はくめいぼいん》』は、斎藤茂吉の『赤光』の中の絶唱、「死にたまふ母」を思わせる。

塚本の母は、若くして夫に先立たれた後で、二男二女を育てあげた。その末っ子が邦雄だった。この歌は、「ふるさと」の暗さと、その暗さの中で家を守り続けた母の慎ましい一生を、万感の思いで回想している。家を守ることを、「夜夜《よよ》をまもりて」と表

【出典】『薄明母音』。一九九二（平成四）年の刊行。

【追記】

「塚本壽賀」ではなく、塚本が芸術の力で作りあげた「もう一人の母」の実例をあげておこう。

「母に逅(あ)はむ死後一萬の日を閲(けみ)し透きとほる夏の母にあはむ」(『不變律』)。壽賀の命日が八月三十一日であることは、この歌と関係がない。母の死後、一万日もの長い時間が経(た)っても、心の中に母は生き続けている。それだけでなく、生きていた時よりも若返り、透き通ってきた。お

現しているところが、ひそやかな母の心を描き、哀れ深い。

塚本邦雄の生家は、滋賀県神崎郡（現在の東近江市）五個荘《ごかしょう》村にあった。母の実家は、そこから歩いても数分の距離。生家跡は、今は駐車場となっている。『薄明母音』から、もう一首。

枇《び》杷《は》の花こぼれのこりしいくばくの夢なれや夜夜《よよ》わが夢しげき

「枇杷の花がこぼれる」と「夢がこぼれる」の懸詞《かけことば》だが、技巧臭さがない。老いた母に添い寝をしている子の夢に、少年時代の懐かしい思い出が、蘇ってはしたたり落ちてくるという、みずみずしさ。たくさんの枇杷の花が、こぼれる。少年時代に心で育んだ多くの夢が、落ちてくる。露がびっしり（繁《しげ》く）置くように、夢のかけらも膨大である。「人間・塚本邦雄」を生んだ母あればこその夢である。その母の死を、渾身の力で歌いあげた。

この後、「歌人・塚本邦雄」は何度も「母」を歌うが、それらは『薄明母音』の生身の母とは違う。芸術上の「母」へと変容する。生身の母の喪失が、もう一人の「母」を誕生させたのだ。

そらく、二万日経ったら、母はマリア様のようになっていることだろう。

生身の父親としての「塚本欽三郎」ではない「父」の歌も、あげておく。

「白地圖（はくちづ）にまづ梢形（せうけい）の岬描（か）くここにかがやけ父のなきがら」（『睡唱群島』）。この歌を歌っている人物のふるさとは、滋賀県五個荘村ではない。どこでもよい、つまり、どこにもない「白地圖」である。その白地図に、梢のように尖った岬を描き、そこを父の墓所としてしまおう、というのだ。「ふるさと」は、近江という決まった場所にあるのではなく、芸術と言葉の王国の領土の中であれば、自由に作れるのだ。

「いもうとよ髪あらふとき火あぶりのまへのジャンヌの黒きかなしみ」（『緑色研究』）。四人兄弟の末っ子の塚本には、妹はいない。また、娘もいない。でも、短歌では、「妹」を歌える。歌ってよい。いや、歌うべきである。それが、塚本邦雄の信念だった。

31

はつなつのゆふべひたひを光らせて保険屋《ほけんや》が遠き死を賣《う》りにくる

【出典】『日本人靈歌』。

【追記】

「人間・塚本邦雄」は、思いやりに富む人だった。たとえば、私の家に電話をかけてくる時も、こちらに名前を名のらせなかった。受話器を取るといきなり、「あっ、島内さん。塚本です」。その口調は関西弁というよりは近江弁であり、早口ではあるが親しみがあった。ファクシミリが普及すると(「ファックス」という言葉は下品な語感であるとして嫌った)、ファクシミリで頻繁に用件をやりとりしたが、朝

近江商人の血

塚本邦雄が生まれた五個荘《ごかしょう》村は、近江商人の本拠地だった。男たちは東京・大阪・横浜に別宅を持って商売に励み、女たちはひっそりと故郷で本家を守り続ける。30の歌で、母が「夜夜《よよ》をまもる」とあったのは、そのような別居生活とも関わっている。

十八歳で神崎商業学校を卒業した邦雄は、まもなく近江商人の系列である商社「又一《またいち》」に入社し、軍事徴用された四年間を除き、大阪の船場《せんば》にある「又一」(金商又一、金商)で経理畑を歩み、五十四歳で円満退社して筆一本で立つまで、経理担当として

篤実《とくじつ》に勤務した。同じように近江商人の家に生まれ、詩人と経営者を両立させた辻井喬《つじいたかし》（堤清二）と塚本は、きわめて親しかった。「人間・塚本邦雄」と、「歌人・塚本邦雄」とは違う。けれども、保険を売りにくるセールスマン（保険屋）は、遠い死を売り歩いているのだという鋭い直感は、「サラリーマン・塚本邦雄」と無縁ではなかろう。「ひたひを光らせて」は汗で光っているのだが、汗を流すほどにエネルギッシュに「死」を販売している商人の姿は、矛盾しているというよりも滑稽である。

サラリーマンとして通勤していた塚本には、電車の中で作った歌も多い。『日本人靈歌』の一首。

月光の市電軋《きし》みて吊革《つりかは》に両手纏《ま》かれしわれの磔刑《はりつけ》

誰しも一瞬、乗っていた電車が急ブレーキをかけて停止し、このような恰好になった体験はあろう。それを、十字架の上のイエスになぞらえるのが、「歌人・塚本邦雄」ならではである。「月光」とあるので、なぜか乗客が少ないというイメージも湧き、イエスと同じように孤独な現代人の姿が浮かび上がってくる。

起きてみるといつのまにか送信されているという配慮があった。

一貫して経理畑を歩んだ「人間・塚本邦雄」は、金銭的にルーズな人間や、お金に汚い人間は相手にしなかった。また、頼み事をした相手には、きちんとお礼を払った。私も何回か塚本の著書の校正を手伝ったが、必ず現金書留で、代価を頂戴した。きれいな包み紙に達筆で「心ばかり」と書き、中にはピン札が入っていた。

近代短歌を、全く新しい現代短歌に組み換えるのは、古い商品の長所（三十一音の定型詩）を残しつつ、時代に合わせて新機軸（語割れ・句またがり）を打ち出すことであり、一種の販売戦略である。そして、多くの読者を獲得したのは、市場の拡大に成功したということである。

なお、塚本邦雄の秘書役を長く務めた政田岑生（まさだ・きしお）の本職も、東京海上火災保険に勤務するサラリーマンであり、詩人でもあった。

32

蕗煮《ふきに》つめたましひの贄《にへ》つくる妻、婚姻ののち千一夜經《へ》つ

勝利する妻と、敗北する夫

女たちは、いつも台所で何かを煮つめている。

憂鬱なる母のたのしみ屑苺《くづいちご》ひと日血の泡のごとく煮つめて

くちなしの實《み》煮る妹《いも》よ鏖殺《あうさつ》ののちに來《こ》む世のはつなつのため

『日本人靈歌』『水銀傳説』の二首と、32「蕗煮つめ」の歌をあわせ読むと、女たちはまるでグリム童話の「魔女」のようだ。彼女たちが煮つめている「蕗」「屑苺」「くちなしの實」とは、もしかしたら「男たちの魂」かもしれない。夫、そして息子。あるいは父親、兄弟。鍋の中で煮られる実が立てるブツブツという音

【出典】『綠色研究』。

【追記】

塚本慶子は、塚本邦雄が盟友・杉原一司たちと創刊した同人誌『メトード』にも前衛的な作品を発表したが、邦雄と結婚して短歌から離れた。慶子の歌集『花零(ふ)れり』から、何首か彼女の歌を紹介しておきたい。

「合歡(ねむ)の花そこら邊(あた)りに彩(いろ)ふ日はそつと野心をうち揚(あ)げてみる」。この「野心」は、芸術的な夢なのか、家庭的な夢なのか。

「石鹼(せつけん)の泡淡々と光りゐてうすらにかなし妻となりぬる」。結

は、男たちの悲鳴なのだろうか。

塚本邦雄は、モーツァルトのオペラに題材を得た『魔笛』という詩集も残している。『魔笛』は、『賢人ザラストロ』を中心とする男の知恵と、「夜の女王」を中心とする女の復讐心の戦いがテーマである。オペラの『魔笛』では、とってつけたような「男の勝利」という結末だが、まったくリアリティが感じられない。

「元始、女性は太陽であった」。男は、「女なるもの」の強さの前に、これまでずっと敗北してきた。命を生み出す女性には、命を奪う力がある。『千一夜物語』(アラビアン・ナイト)では、結婚後の千一夜、シェヘラザードは孤独な王のために、「物語」という食べ物を調理しつづける。その果てに待っているものは、何なのか。女性優位という、立場の逆転だろう。

塚本邦雄は、一九四八年、歌人である竹島慶子と結婚した。邦雄が「蘇枋《すおう》乙女《おとめ》」と呼んだ慶子は、才色兼備で、調理と裁縫にもすぐれ、「人間・塚本邦雄」の人生を幸福で満たした。だが「歌人・塚本邦雄」は、「妻」に対する辛辣《しんらつ》な見方を歌い続けた。

婚の喜びは、「乙女」と別れる悲しみでもあった。

「母とならむ希(ねが)ひせつなる朝夕べ身の内の花ゆらぐ思ひよ」。我が子を身ごもった頃の思いである。体内に宿った新しい命を「花」に喩(たと)え、胎児がお腹の中で動く様子を、「身の内の花ゆらぐ」と形容した感覚が、繊細である。

結婚前の慶子は、奈良県の穴虫(あなむし)村に住み、大阪に住む邦雄は、在原業平よろしく、山を越えて逢いに行った。私も昨年、その穴虫村の慶子の住居跡を訪れ、若かりし邦雄と慶子の語らいに思いを馳せた。

一九九八年、慶子に先立たれた邦雄は、レクイエムを献じた。「涙湖(るいこ)よりあふるるもののほかなきに君花零れり花ふれりとぞ」。自分は、目の奥の涙湖から涙しかこぼしていないのに、君の魂は「白い花が散華のように散っている」と見るのだろうか。

33

子を生《な》しし非業《ひごふ》のはての夕映《ゆふば》えに草食獣の父の歯《は》白き

【出典】『感幻樂』。

【追記】

「ともぐひのごとく相寄る藝術家一家に煮つまれる苺ジャム」（『日本人靈歌』）。この「藝術家一家」は、塚本邦雄の家族ではなく、虚構の一家の食事光景を歌ったものである。

だが、これと似たような食卓が、ある日の塚本家にもあったことだろう。母が長い時間をかけて手作りした苺ジャムを、父と子が加わって三人で食べる。その時に、「この食卓は、まるで動物たちの共食いのようだ」と直感す

子どもの父として

慶子と結婚した翌年、長男の青史《せいし》が誕生した。「青史」には歴史という意味があるが、青史は名前通りに、中国古代を舞台とする歴史小説家となり、活躍している。

父と母と子の三人の家庭。「人間・塚本邦雄」の本心はどうであれ、「歌人・塚本邦雄」は、子を作るのは「非業」（運が悪い）と吐き捨てる。「非業の死」という言葉を逆転させて、「非業の生」、つまり「生きることは非業だ」と言っているのだ。苦しみと嘆きのみが多いこの世に、生まれてきた我が子も「非業」だ

が、彼をこの世に送り出した父は、それ以上に「非業」である。

　最近、「草食系男子」という言葉が流行している。塚本がこの「草食獣」の歌を作ったのは、一九六六年。約半世紀も時代を先取りしていたのだ。「草食獣の父の齒白き」の裏側には、「肉食獣の母の齒赤き」という表現が貼り付けてある。母親の歯が赤いのは、他人の子を食べた血の滴《したた》りであり、「鬼子母神《きしぼじん》」のように、我が子すら食い尽くしたからである。草食獣である男は、草しか食べない無害な存在で、草の繊維質で磨かれた歯が真っ白である。そして、自分と同じように歯の白い男児を作り、肉食獣の犠牲者を、また一人増やしてしまう。それが、「非業」なのだ。

　世界は、男と女から構成されている。だがテレビをつけると、大晦日《おおみそか》の夜には、人類が男性軍と女性軍に真っ二つに分裂して、「歌合戦」という熾烈《しれつ》な戦争を繰り広げている。モーツァルトのオペラ『魔笛』は、その戦闘の最も凄まじい作品だった。

　塚本は、「妻への恐れ」と「父であることの不安」を芸術的に昇華させ、「幸福な家庭」の仮面を剝《は》ぐ作品を詠み続ける。るのが、塚本の家庭観だった。

　家族や「父と子」を皮肉な目で観察し続けた塚本邦雄にも、次のような美しい歌がある。「父となりて父を憶（おも）へば麒麟手（きりんで）の鉢をあふるる十月の水」（『天變の書』）。

　一九七一年に塚本邦雄が使っていた手帖の二月二十六日の欄には、「青史、同志社、文学部pass」と大書してある。「pass」というアルファベットに勢いがあり、大学合格者の父であるという喜びがあふれている。前年の手帖にも、「青史、予備校を希望」、「青史、下宿の希望」などと、受験生の子を見守る父親の素顔が見える。

　ただし、我が子を突き放す冷静さも持っていた。「大歌人の息子でありながら、親の顔に泥を塗っている二流の歌人が、世の中にはいます。私の息子がそうならないように願っています」と、塚本が語るのを、私は聞いた。

　その私も、「親不孝だから、歌は止めなさい」と、塚本から叱られた。

34

さらば百合若《ゆりわか》驟雨《しゅうう》ののちをやすらへる味爽《よあけ》の咽喉《のみど》ゆふぐれの腋《わき》

【出典】『感幻樂』。

【追記】

愛犬「百合若」は、塚本家から何度か失踪したことがあった。塚本の一九七〇年の手帖には、六月五日「百合若失踪」とあり、六月九日「百合若帰還」と記されている。

ちなみに、この一九七〇年は塚本の前から突然に消えた人が、二人もいた。七月二十五日、「Rue 蒸発の日」。「ルー」は、塚本邦雄の最も親しい友人であり好敵手だった、岡井隆のことである。岡井に対して、塚本は愛に近い感情を抱いていた。七月三十一日に

愛犬の名前

この歌で、「さらば」と呼びかけられた「百合若」とは、誰か。昔話の百合若大臣は、家来に裏切られて絶海の孤島に置き去りにされるが、何とか帰国して復讐を果たした。でも、その百合若大臣ではなさそうだ。塚本邦雄は、一九六八年五月、生後一か月の三河犬を購入し、「百合若」と名づけている。ならば、この犬なのか。だが、「さらば百合若」の歌は一九六六年、まだ愛犬を購入する以前の発表である。謎を解くヒントは『日本人靈歌』にある。

どこかちがひどこかが同じ愛を欲《ほ》りやまぬ若者の舌、犬の舌

三島由紀夫が「猫派」だったことは有名だが、塚本邦雄は典型的な「犬派」だった。犬を愛し、どこか犬と似た雰囲気の、野生的な若者を愛した。そして、自分の理想通りの犬を飼おうとして、百合若と命名した。若者を歌った「百合若」が先にあり、その虚構の歌が、その歌通りの「百合若」という犬を連れてきた。

この歌は、織田信長に美青年の森蘭丸《らんまる》がいたように、百合若という若者を寵愛する主君がいる、という架空の設定だろう。「驟雨」は突然のにわか雨のこと。雨を避けようと必死に走ってきた若者が、息を切らしながら呼吸を整えている。大きく波打つ咽《のど》や腋《わき》の、何と愛《いと》おしいことか。その姿と、現代人が犬と散歩していて、突然の雨に遭《あ》い疾走した直後に、愛犬の咽や腋の動きを眺めている姿とが重なる。犬と青年のコラージュである。犬が青年になったのか、それとも青年が犬になったのか。

本能寺の変で、信長と蘭丸が死んだように、いつか必ず別れの日は来る。塚本邦雄が家族さながらに愛した百合若も、一九八四年九月に世を去った。

は、岡井夫人から午後十一時に「隆失踪のこと」で電話があったと書かれている。そして、十一月二十五日には、「三島由紀夫自決」。

犬に戻る。「さらば百合若」の歌は、筋肉質と思われる好青年が、犬とイメージを共有していた。この「さらば百合若」の歌を含む『感幻樂』の巻頭歌にも、「さらば」という言葉がある。

「固きカラーに擦(す)れし咽喉輪(のどわ)のくれなゐのさらばとは永久(とは)に男のことば」。「固きカラーに／擦れし咽喉輪の」と読み、「七七五七七」のリズムである。さらば「とは」「永久に」のリフレインが、男声輪唱のように爽やかである。学生服であろうか、詰め襟のカラーが付けた若者の首の周りの擦り傷が、なぜか犬の首輪を連想させる。

男は、愛する者たちとの別れを常に覚悟して、生きて行かねばならないのだろう。「サヨナラダケガ人生ダ」(井伏鱒二)。

35

献身《けんしん》のきみに殉じて寝《い》ねざりしそのあかつきの眼中《がんちゅう》の血

【出典】『献身』の最終歌。

【追記】

政田岑生は、抜群のセールス能力を誇った。一流出版社で政田が売り込みに成功しなかったのは、新潮社くらいだろう。それまで、歌人が出す本は自費出版だったので、商業価値のある本を歌人が書けるという事実を出版社に認めさせた政田の手腕は、特筆に値する。また、政田は自分が経営する「書肆季節社」（しょしきせつしゃ）を作り、塚本の豪華限定本を出版した。

塚本が政田と知り合った翌年の一九七一年、塚本の手帖を見ると、政田と

友を選ばば「刎頸《ふんけい》の友」

畏友・政田岑生《まさだきしお》に献げた追悼歌である。人間は、悲しい時に涙をこぼす。白い涙が尽きてしまうと、赤い涙があふれてくるという。大宰府《だざいふ》に流された悲劇の右大臣・菅原道真《すがわらのみちざね》も、漢詩で「眼中の血」を詠《よ》んでいる。これが、「血涙」「紅涙」である。「あかつき」の「あか」には、「赤」という色彩が響いている。

塚本邦雄は、一九七〇年十一月十六日、つまり三島由紀夫が自決する九日前、広島県生まれの詩人でブックデザイナー（兼、会社員）の政田岑生と初めて出会った。それまでは、大阪在住の塚

本と東京の出版社との媒介は、歌人の須永朝彦たちが買って出ていたが、これ以降、塚本邦雄のマネジメント一切は政田が独占した。東京に本社のある一流出版社から、塚本の単行本がほぼ毎月、洪水のように出版される黄金時代の開幕だった。

一九九四年六月二十九日、塚本を支えた政田岑生が逝去。四半世紀にわたる政田の献身は、二百冊をはるかに越える「正字正仮名」による活版印刷の豪華本として、結実した。美術書を思わせる文学書の数々は、塚本と政田の二人が協力して作りあげた、美と芸術の王国の金字塔だった。その政田が先立った。

塚本邦雄に殉じた政田にさらに「殉じて」、泣き続けたので一睡もせずに朝を迎え、ついに最初の紅涙の一滴が、白いシーツの上にポトリとこぼれ落ちる寸前で、この歌は詠まれた。「五七五七六」の音律であり、第五句が六音の字足らずである。それが、政田の命が断絶した唐突さを、「生の余韻」として表している。

相手のために死んでも惜しくないことを、「刎頸の交わり」と言う。塚本と政田岑生は、生死を共にする「刎頸の友」だった。

会った日が「〇印」で囲まれている。塚本の自宅に、泊まりがけで政田が来た日もある。何と、のべ九十二日。十一月は十二回も会っている。手帖には、「キシオ」という名前に因んで、「Kis」「Kiss」などと書かれている。

塚本は、芸術的な志を同じくする「刎頸の友」を心から欲していた。政田はそれにこたえて、講演会やカルチャーの企画、玲瓏の会の結成、紫綬褒章・勲四等・各種文学賞の受賞、近畿大学教授就任という「塚本邦雄の後半生」を作りあげていった。

政田が亡くなった日に、彼から頼まれた原稿を書いていた私は、塚本の電話を受けた。「彼の葬儀は大阪の人間で足りています。あなたが東京から来る必要はない。政田君への供養だと思って、今の仕事を一日でも早く完成させなさい。その方が、葬式に出るよりも、政田君の霊は喜ぶでしょう」。塚本は、悲痛な口調だった。「眼中の血」を歌った直後だったかもしれない。

36

玲瓏《れいらう》と冬の虹たつ　昨日《きぞ》まひる刎頸《ふんけい》の友が咽喉《のど》を切られし

塚本邦雄撰歌誌『玲瓏』、創刊さる

「玲」も「瓏」も、部首は玉偏《たまへん》である。玉と玉がぶつかり合えば、硬質の音が響き渡る。その音を、「玲瓏」と形容する。「玲瓏と冬の虹たつ」。虹が澄み切った大空に架かる瞬間の、カンカーン、リンリーンという音を、作者は確かに聞いたのだ。

雨が上がって、虹が立ったのではない。血の雨が降って、「虹」が立ったのだ。昨日、「君のためなら死んでも本望《ほんもう》だ」とかねがね言っていた親友が、死んだ。だから、友の魂そのものの虹が美しい。この「刎頸の友」は、「詩歌」あるいは「日本の美」の比

【出典】『歌人』（うたびと）。

【追記】

塚本邦雄は、自己変革と世界変革を願う若者たちにとって、「神」のような存在だった。また、家庭や職場で悩んでいる主婦や会社員にとって、「希望」でもあった。彼は、『サンデー毎日』や角川書店の『短歌』などで、短歌や俳句の投稿作品の選者を務めた。私自身、歌人としての資質がないことを百も承知で、大学院生の頃から、何度も塚本邦雄の目に触れたくて、作品を投稿した。

だから、『玲瓏』創刊の予告を見た

喩だろう。詩歌や芸術が滅んだ後にも、自分は歌い続けよう。冬の虹のように玲瓏たる短歌を。切れば血の出るような短歌を。

一九八六年一月、塚本邦雄は政田岑生の進言を汲み、詩歌に志す青年を結集して、短歌雑誌『玲瓏』を創刊した。その前年の十月に『玲瓏』創刊準備号が発刊された。戦後日本の文化的停滞に倦《う》み、自分自身の人生を変えたいと願う歌人たちが揃った。私は、「旗揚《はたあ》げ」という言葉を連想した。群雄割拠の戦場のような歌壇に、『玲瓏』という大きな旗が立ち、野心に溢れた老若男女が、その旗印の下に結集した。若かりし私も、その一人だった。

世界は、どんなことがあっても変わらない。だが、世界に対する認識は、歌によって変えられる。世界認識が改まれば、世界も実質的に変容する。多くの個性的な歌人が、塚本邦雄という大いなる魂に引き寄せられた。雑誌『玲瓏』には、玉と玉、魂と魂がぶつかり合う美しい響きが、全ページに鳴り響いていた。

塚本邦雄は、玲瓏のメンバーが集う第一回の「全国の集《つど》ひ」を記念して、歌集『玲瓏』を出版し、会へのはなむけとした。

瞬間に、その準備号から勇んで参加した。すると、「人間は、自分の才能を知るべきです。これからは実作者ではなく、研究者として生きてゆきなさい」と助言された。この後である。「親を辱める親不孝の歌で、これ以上ジタバタするのはやめなさい」と言われたのは。私の道は、この時に定まった。

残念なのは、研究者となった後も、塚本の難解な作品の解釈について、一言も質問しなかったことである。そういうことは、本人に聞くべきことではない、読者である私自身の受け取り方の問題だと思っていたからだ。

私はこの本を書きながら、何度後悔したことか。「あの時、この歌の正しい解釈を、塚本本人に聞いておけばよかった」。だが、もし時間が『玲瓏』創刊時に巻き戻ったとしても、私は塚本邦雄に質問できない。そんなことをしたら、「あなたは歌人だけでなく、研究者としても失格です」という烙印（らくいん）を押されるだろうから。

37

ロミオ洋品店春服《しゅんぷく》の青年像下半身無し＊＊＊さらば青春

【出典】『日本人靈歌』。

【追記】

塚本邦雄は講義の一環として、近畿大学の教え子たちと、頻繁に歌会を開いた。その時に参加者に配られる資料が、東京の私にも送られてきた。

作者名の書かれていない作品一覧を、私の家にファクシミリで送ってきて、「この中から選べ」と質問されるのだ。塚本の場合は、良いと思う「正選」だけでなく、「逆選」と言って、失敗作に近い問題作も選ばせた。

最初のうちは、前衛短歌の巨匠である塚本邦雄と、短歌を作り始めたばか

大学教授という水を得た魚

塚本邦雄は、「青年」や「若者」を好んだ。そして、彼らから輝かしい「青春」を奪うものを、心から憎んだ。『ロミオとジュリエット』を連想させる「ロミオ洋品店」のショー・ウィンドウに飾られたマネキンは、若々しい春の装いだが、ふと気づくと下半身がない。「性」を失った、きれいな「愛」だけでは、青年らしい不逞《ふてい》さが殺されてしまう。青年の荒々しさを去勢し、飼い殺しにする戦後文化が批判されている。

視力が弱く、肺結核も病んだ塚本は、短歌という王国の中で、

もう一度、青年として生き直そうとする。だが、そのような「ロミオ」への生まれ変わりも、下半身を奪われるという挫折が待ち受けていた。青年が青年として生きるのは、困難なことなのだ。

塚本は、一九八九年から一九九九年まで、近畿大学文芸学部教授を務めた。「水を得た魚」のように、教授の日々を楽しんでいた。聴講した青年たちから、小説家の楠見朋彦、歌人の小林幹也・森井マスミが育った。楠見は、自らの青春を十全に開花させてくれた師への恩返しとして、これまで謎に包まれていた恩師の青年期を発掘した。そして、労作『塚本邦雄の青春』を書いた。

塚本は、一時期「彦根高商卒」（現在の滋賀大学経済学部）を自称していたが、博識だったし、フランス語が得意だったので、誰も不思議に思わなかった。ただし、「神崎商業学校卒」が最終学歴だった。近江商人の家に生まれたがために、高等教育を受けられなかった悲しみ。独学で学問することで、有名大学卒の歌人よりもはるかに高い教養を身につけてきた労苦と自信。そのすべてを、近畿大学で青年たちにぶつけたのである。

りの学生たちとでは、力量の差がありすぎて、すぐに塚本の歌がわかった。秀歌は一首だけで、あとは凡作ばかりだったからである。私がコメントを書いた直後には、作者名の入った作品リストがファクシミリで届けられた。思った通りの結果だった。

だが、若者の吸収力は恐ろしい。学生たちが、過激な問題作を平気で作るようになると、正選と逆選の差が、なくなってくる。どれが塚本邦雄の作品なのか、わからないことさえあった。当て推量で、「この歌がよいと思いますが」という返事を書くしかない。時には、塚本の作品に点を入れなかったこともあり、そういう時には、作者名を記したリストは送ってこなかった。

六十八歳から七十八歳まで、塚本邦雄は「近畿大学教授」だった。これほど、大学教授という職業を楽しんだ人を、私は知らない。塚本は、青年を教えていたのではなく、自分も青年に戻り、青春を取り戻していたのだろう。

38

建《た》つるなら不忠魂碑を百あまりくれなゐの朴《ほほ》ひらく峠に

【出典】『魔王』。戦後五十年を目前にした一九九三年に刊行された。

【追記】

『魔王』という歌集が出版されたのは、戦後半世紀が経過した頃である。日本人は、平和に慣れ、戦争というものの実態を見失った。たとえ、隣国で戦争が起ころうとも、世界のどこかで紛争のない日がなくとも、自分の国だけは未来永劫に平和が続くものと錯覚している。

塚本邦雄は、政治家ではない。宗教家でもない。まして、活動家ではない。かつて、空襲警報の下で、死の恐

魔王は、戦争を憎んだ

ここからしばらく、塚本邦雄にとっての「戦争」と「天皇」の意味を考えてみたい。現実世界に対する憎悪を死ぬまで燃やし続けた塚本邦雄は、「負《ふ》の感情」を心の中で燃やし続けていた。

もし、世の中が正しければ、そして人間が心清き人ばかりであれば、「正の感情」つまり肯定精神を強く持った文学者が、高らかな讃歌を歌えばよい。白樺派の武者小路実篤《むしやのこうじさねあつ》の世界である。

では、世の中が醜く、汚い人間ばかりであったら、どうだろうか。この時、「肯定精神」の持ち主は、世の中の悪を否定できな

い。必要悪を認めるか、自殺するかの、どちらかである。

すべてを否定できる「負」の精神を持った芸術家は、世界の「負」をまるごと裏返す。マイナスの二乗は、プラス。短歌は、悪《あ》しき文明を破壊し、新しい文明を誕生させるための武器だった。

塚本の悪意が戦った敵は、人の命を奪う戦争という文明の悪だった。そして、戦争という悪を正当化した「言葉」だった。たとえば、日露戦争後の日本各地に建てられた「忠魂碑」。見た目は美しいが、人間に死を強制する、のろわれた言葉である。

その戦争に対する憎しみを、五七五七七の短歌のリズムで表現する。一見すると、短歌は優雅で悠長なリズムである。だが、その音律の中にも、戦争に対する激しい憎しみを込められる。兵役を拒否した「非国民」や、国家を恨んで戦死した若者たちの「不忠魂碑」を、朴《ほお》の花の咲く峠に、ざっと百個ほども建てたい。本来ならば白い朴の花は、血と憎しみの色に染まり、まっ赤に咲くだろう。いや、その花の一つ一つが、「不忠魂碑」なのだ。塚本邦雄は短歌によって、戦争と日本語に対して宣戦布告をした。


怖におびえ、広島に落とされた原爆のキノコ雲を軍港都市・呉から遠望した、一人の人間だった。

だが、彼は芸術家になった。文学者、それも短歌という定型詩を、彼は選び取った。短歌は決して、暇な人間が時間つぶしに作る遊びではない。また、正月の小倉百人一首の朗読のように、人に眠気を催させるものではない。「語割れ・句またがり」の発明で、精神の惰眠(だみん)をむさぼる音律を打破すること。そして、覚醒した韻律の中に、大量の悪意と憎悪を注ぎ込むことで、世界悪と対決すること。

「世紀末まなかひにある花の夜をいくさいくさいくさいくさい」。これもやはり、『魔王』の中の一首である。「いくさ」は「くさい」。戦争は、文明の放つ腐臭である。「花の夜」という優雅な言葉の裏に隠された塚本の憎悪は、まことに激しかった。

現代人は、これほどまでに憎むことのできる対象を持っているだろうか。

39

炎天ひややかにしづまりつ終《つひ》の日はかならず紐育《ニューヨーク》にも●爆《ばく》

戦争が、やって来るぞ！

「語割れ・句またがり」が強烈で、まさに炸裂している。「えんてんひやや・かにしずまりつ・ついのひは・かならずニューヨー・クにもばく」と発音すれば、「七七五八五」の音律である。最後の「ばく」を、爆風を生じさせるように、大声で叫びたい。「ひややかにしづまりつ」という沈黙の後で、大音声が、まるで原爆のキノコ雲のように天に向かって突き上げるのだ。「●」という記号は二音節の休止符だが、「ばく」という音のもの凄《すご》さを示している（「原《げん》」や「水《すい》」という含みもある）。

【出典】『汨羅變』（べきらへん）。「汨羅」は、中国古代の屈原(くつげん)が投身自殺した川。

【追記】

昭和十八年五月、呉市に動員されていた二十二歳の塚本邦雄は、『木槿』(むくげ)という短歌雑誌に、初めて自分の作品を発表した。その中の一首。

「ガスマスクしかと握りて伏しにけり壕内(がうない)の濕(しめ)り身に迫りくる」(『初學歴然』)。「壕」は、土を掘って作ったくぼみで、戦場で逃げるための場所である。本土決戦に備えて、軍事訓練を受けているのだ。手に

この歌は、二〇〇一・九・一一よりも四年前の発表である。塚本邦雄にとっての「戦争」は、過去の歴史ではなかった。これから必ず起きるだろう未来史でもあり、現に今起きつつある現代史なのでもあった。塚本邦雄のことを、「予言者」だと言う人がいる。確かに、一九九七年の時点で、九・一一を予見していたのだから、「予言者」とは、間違った言い方ではない。だが、塚本にしてみれば、合理的で論理的な推論を口にしただけなのだ。シャーロック・ホームズの推理は、最初はワトソン博士を驚かせるが、ホームズの理路整然とした種明かしを聞くと、ワトソンは「何だ、誰にでもわかることだ」と、ため息をつく。

いつか、世界の終わりが来る。天体学者も、惑星である地球は、恒星である太陽の死滅と共に必ず滅びると言い続けている。その時、人類は自分たちが滅びることを納得するだろうか。いや、地球が死滅する前に、国家間の戦争によって滅亡している可能性が高いだろう。塚本は、その情けなさに悲しみをミックスして、「炎天ひややかにしづまりつ」と歌っている。

しっかりとガスマスクを握りしめて、壕に伏すと、その内部の湿りけが、まるで毒ガスのように、体に染み込んでくるように思われた。

この時、塚本は、自分が戦場で死ぬ、という感覚をなまなましく持ったことだろう。それが、芸術家の想像力というものである。そして、昭和二十年六月に詠まれた歌。

「迫り來て機影(きえい)玻璃戸（はりど）をよぎるとき刺し違へ死なむ怒りあるなり」(『初學歴然』)。空襲で敵機が続々と来襲している。そのB29を操縦している敵兵と、自分は刺し違えて死ぬ覚悟はできている、と勇ましく歌っている。これも、「文学者・塚本邦雄」の初心だろう。

そして、幸運にも戦後まで生きながらえた塚本は、自分が刺し違えて死ぬべき「究極の敵」を求め続ける。「日本」「世界」「文明」、そして「短歌」。塚本邦雄の戦後は、それら強敵たちとの戦いの繰り返しだった。

40　日本脱出したし　皇帝ペンギンも皇帝ペンギン飼育係りも

天皇と自分との、距離の近さと遠さ

動物園にいる「皇帝ペンギン」は、名前には「皇帝」と付いているが、係員に飼育される「被支配者」である。そして、皇帝ペンギンは、檻《おり》の中から解放されて故郷の南極へ帰還することを願っている。そしてまた、皇帝ペンギンの「支配者」である係員も、今の日本での暮らしに不満で、どこかへの脱出と亡命を望んでいる。塚本邦雄は、「皇帝ペンギン」という名前がはらんでいる矛盾に興味を覚え、そこに現代人の悲哀を重ねた。

だが、作品の解釈は、読者の数だけある。どんな解釈も許され

【出典】『日本人靈歌』（一九五八年）の巻頭歌。

【追記】

塚本邦雄は、戦前であればたちどころに「不敬罪」で逮捕されたに違いない言葉を、『魔王』で平気で使った。「漢和辭典に「荒墟」ありつつ「皇居」無し吾亦紅(われもかう)煤色(すすいろ)になびける」。「ひつぎのみこを柩(ひつぎ)の御子(みこ)と思ひゐしわが白珠(しらたま)の幼年時代」。

わざと、過激な言葉を使って、天皇制を挑発した。戦争が遠のき、戦時中の記憶が日本から消滅しかかっている

るし、また和歌や短歌は、誤読も含めて「自由な解釈」を許容してきた。短歌評論家の菱川善夫は、「皇帝ペンギン」は昭和天皇の比喩、「皇帝ペンギン飼育係り」は憲法によって主権を与えられた日本国民の比喩だと解釈した。なるほど、そうとも読める。

ここで、作者の意図を大きく越える解釈がなされた。すると、その思いもかけなかった解釈によって、作者自身の解釈も変わることがあるから、不思議である。

皇帝ペンギンその後《ご》の日々《ひび》の行状《ぎやうじやう》を告げよ帝國死者興信所

『獻身』（一九九四年）の歌だが、ここでの「皇帝ペンギン」は、戦前には現人神《あらひとがみ》であり、戦後は人間宣言をした天皇のことである。戦争で多くの死者を出した事実が、提起されている。

「人間・塚本邦雄」は、天皇から紫綬褒章《しじゆほうしよう》を受け、勲四等旭《きよく》日《じつ》小綬章を受ける「善良な国民」、「臣民《しんみん》」だった。だが、短歌という武器で文明悪に立ち向かう「歌人・塚本邦雄」にとっての天皇は、戦うべき「文明」の総大将なのだった。

そして、塚本邦雄と天皇は、ある意味で鏡像なのだった。

時代だからこそ、「今の平和な時代」は見せかけで、一皮むけば「戦争の時代」と同じだと警告しているのだ。

一九八六年のソ連で起きたチェルノブイリ原子力発電所事故の際、塚本は激しいショックを感じた。ニューヨークの高層ビルがテロで破壊された二〇〇一年九月十一日は、塚本の恐れていた地獄の到来だった。惨劇は、いつでも起こりうる。この日本においても。

塚本邦雄にとって、昭和天皇は「戦争」の記憶とあまりにも強く結びついていた。塚本の芸術は、「非日常」や「非現実」ではなかった。「反日常」「反現実」なのだった。第一歌集『水葬物語』には「叛旗」という言葉が使われている。彼は、短歌に志した当初から、「天皇が主宰する歌会始」の対極にある「短歌」を作ろうとした。

天皇を愛するがゆえに憎んだ塚本邦雄が、「歌壇の帝王」「美の世界の魔王」と呼ばれたのは、不本意なことだったか。それとも、本意だったか。

41

おほきみはいかづちのうへわたくしの舌の上には烏賊《いか》のしほから

「狂歌」の風刺で、権威を脱力させる

塚本邦雄は「前衛歌人」と呼ばれ、その作品は「前衛短歌」と言われる。「前衛」とは、それまでの芸術のマンネリを打ち破り、新しい芸術を作る「變」（変）の思想の別名だった。

だが、塚本短歌に触れた読者が感じる新しさは、これまでの日本文学にまったくなかったものではない。その証拠に、『新古今和歌集』や中世歌謡に、塚本は深く共鳴していた。

「温故知新」。古い革袋《かわぶくろ》に、あえて新しい酒を盛る。古典を現代風に変相させる。そのためには、何よりも教養と機知が必要で

【出典】『獻身』。

【追記】

『万葉集』の「大君は神にし坐せば天雲の雷の上に庵せるかも」という名歌は、戦前の『愛国百人一首』にも選ばれ、戦後も高校の日本史の教科書でも取りあげられたので、かなりよく知られている。だから、塚本が「おほきみはいかづちのうへ」と歌い出した時に、年配の読者の念頭には、「雷（いかづち）の上に庵（いほり）せるかも」という下の句が自然と思い浮かぶ。

だから、「わたくしの舌の上」という言葉が、「雷の上」の対句として意

ある。歌人は、万能者たれ。そして、それに成功した先駆者として、私は江戸時代後期の狂歌作者だった大田南畝《おおたなんぽ》（蜀山人《しょくさんじん》）がいると思う。狂歌は、五七五七七の和歌と同じ音律だが、権威への抵抗を、卑下と謙遜《けんそん》を装った笑いで包みこんだ。

塚本の「おほきみ」の歌を、『万葉集』の「大君《おほきみ》は神にし坐《ま》せば天雲《あまくも》の雷《いかづち》の上《うへ》に庵《いほり》せるかも」（柿本人麻呂）の本歌取りと見れば、笑う機会を逸してしまう。これは純文学の本歌取りではなく、大衆文学的なパロディ、あるいは風刺なのだ。「おほきみ＝天皇」と「わたくし」、「雷山《いかづちやま》の上」と「舌の上」のギャップが、何とも鮮やかである。片や、高くて大きい存在。片や、低くて小さい存在。そして、『万葉集』が「イカヅチ」であるのに対して、「イカの塩辛《しおから》」。私は思わず、ここでヘナヘナと脱力してしまう。ナメクジには塩を。権力には、ヘナヘナを。

「わたくし」とかしこまった卑下のポーズでありながら、皇居で暮らすよりも、庶民の食卓がよほど楽しいと開き直る。塚本邦雄は、大田南畝に匹敵する、現代最高の狂歌作者でもあった。

識される。そして、雷山の上が舌の上に置き換えられているのに気づいて、「ざぶとん一枚」と叫んでしまう。

しかも「わたくしの舌の上には」と来て、「イ、オリ」でなく、「イ、カノシカオラ」と暴露された瞬間に、笑いがはじける。ただし、手を打って笑えるためには、読者の側にも教養が必要である。もう一首、狂歌と似た雰囲気の作品をあげよう。

「ルイス・キャロルありのすさびの薬瓶(くすりびん)割れて虹たつなり夢の秋」（『されど遊星』）。

この歌も、読者の脳裏にある教養が「肩すかし」されるのが、快感の源である。「ルイス・キャロル」と来たら、当然、『不思議の国のアリス』である。「ルイス・キャロルあり」の次は、当然「す」（アリス）だろうと考える読者の当然すぎる予想が、「ありのすさび」という古語の登場で、見事に裏切られ、ヘナヘナとなる。この笑いこそ、狂歌の本質なのである。

42

モネの偽《にせ》「睡蓮《すいれん》」のうしろがぼくんちの後架《こうか》ですそこをのいてください

【出典】『魔王』。

【追記】

口語は、怒りや喜びを、まっすぐに表現するのに、適している。喜怒哀楽がきわまった時に口に出るのは、口語である。

口語は、また、相手に対する憎しみや、ののしりにもふさわしい。夏目漱石の『坊っちゃん』の主人公は、江戸の話し言葉で喧嘩を売ったり、買ったりしている。

塚本邦雄の作品から、口語の罵詈雑言(ばりぞうごん)を、拾おう。

狂歌の道は、口語に通ず

「塚本美学」という言葉がある。美学には、端正さや秩序が必要である。また、「正字正仮名」にこだわり続けた塚本には、格調高い「文語＝書き言葉」のイメージが強い。だが塚本の出発点は、『水葬物語』の「口語＝話し言葉」だった。塚本以前の近代短歌は、「なりにけるかも」という万葉調だった。その堅苦しい短歌のイメージを解体し、融解させたのが、第一歌集『水葬物語』である。

前衛短歌の全盛期には文語一色だったが、晩年になると再び口語調が出現する。それが、「サラダ短歌」や「ニューウェーヴ短歌」の土壌となり、最近の「ケータイ短歌」の源流にもなった。

「後架」は、禅宗で便所（トイレ）を意味する古語。「睡蓮」は、印象派の巨匠モネの代表作。だが、「ぼくんち」「です」「そこをのいてください」という文体は、子どもの会話そのもの。この「新古融合」「硬軟両様」のミスマッチ感覚が、面白みの正体である。便所に哲学書を置いたり、そのドアに西洋名画を貼り付けて喜ぶ「日本の知識人」の愚かしさ。

しかし、トイレにしゃがんで用を足す短い時間でさえも、有意義に過ごそうとする日本的な暮らしを、誰かが妨害し始めた。そのような時代の風潮に対して、無駄と知りつつも必死に抗議しないではいられない心境を、「ぼくんち」の幼児語がよく示している。塚本に「のいてください」と言われたのは、誰なのだろう。

なお、この歌は、「もねのにせすい・れんのうしろが・ぼくんちの・こうかですそこを・のいてください」という「語割れ・句またがり」であり、「七七五八七」のリズムである。

「四月饐（す）えつつ匂ふ花ありランボーの處女作は「神よ糞（くそ）くらへ！」」（『獻身』）。「紅蜀葵（こうしょくき）、みづからがまづ標的になる戰爭をはじめてみろ！」（『風雅默示錄』）。

神や天に対する激しい怒りが、口語の命令形である「糞くらへ」や、「はじめてみろ」で爆発している。そして、塚本の最も大きな怒りは、自分が永く関わってきた「歌」そのものへ向けられた。

「讃岐白峰（さぬきしらみね）わが胸中にふぶきをり必殺の和歌見せてやらうか」（『風雅默示錄』）。讃岐（今の香川県）の白峰には、都から流されて怨念の鬼となった崇徳院（すとくいん）が眠っている。

世を呪い、世界の終末を願う「必殺の武器」が、「歌」である。塚本邦雄は、ある時は風刺の笑いを、ある時は怒りの呪いを交えながら、短歌の本質に迫ろうとした。塚本が最も憎んだのは、歌だった。

43 歌すつる一事に懸《か》けて晩秋のある夜《よ》うすくれなゐのいかづち

命は捨てられても、歌は捨てられない

塚本邦雄は、この歌について、「決定的な傑作を一首書いて、いさぎよく短歌と別れようと思ふ」と述べている。歌を捨てたいのは、歌が憎いからではない。歌を愛し、歌に執着しているから、あえて捨てたいと思ったのだ。

「一事に懸けて」は、「一事に賭けて」の印刷ミスではない。「一所懸命《いっしょけんめい》」の「懸」であり、歌を捨てることを命懸けで達成したい、という願望を表現している。

諺にも言うではないか。「かわいい子には旅をさせよ」、「虎穴

【出典】『詩歌變』の「斷絃」より。「斷絃」は、「伯牙断絃」（伯牙絶絃）の故事を踏まえる。

【追記】

『詩歌變』には、歌との出会いを歌った歌もある。「歌に會ひたる日を念(おも)ふだにゆふかげのくらぐらと吹かれつつある紫苑(しをん)」。塚本邦雄は、少年時代に、兄の春雄が北原白秋の弟子になったのを契機として、歌と出会った。

歌と出会うことで、夕方の日陰で、ひっそりと風に吹かれている紫苑（紫

に入らずんば虎児を得ず」。大切な子どもだからこそ、親が手放さないと、大きく成長できない。命という、人間の最大の宝物を潔《いさぎよ》く捨てる覚悟がなくては、虎の子は入手できない。

塚本邦雄にとっての「歌」は、世界を変革するための唯一の手段だった。その「歌」を捨てるとは、どういうことか。夢を捨てることにほかならない。自己変革と世界変革の唯一の手段を、人間はやすやすと手放せはしないだろう。

塚本は、正直に告白している。「空想の傑作、夢の絶唱を思ひゑがくことに、それが實現した一瞬以上の歡《よろこ》びがひそんでゐるのだ」。この一首さえあれば、歌を捨てても悔いはないという絶唱は、おそらく死ぬまで生まれないかもしれない。だから歌人は、歌を捨てることを夢見つつ、歌に命を懸け続ける。

歌は、人生のすべてではない。いつでも、捨てられる。ほかに、いくらでも幸福を感じさせてくれる宝物はある。そう思いつつも、夕方にひらめく電光を見た瞬間に、その薄赤い色と響きを、歌に写し取れないかと、つい歌のことを考えてしまうのだ。

苑）の花を歌えるようになった。では、歌を捨てたあと、もう紫苑の花は歌えないのだろうか。いや、歌を捨てた心境で紫苑の花を眺めれば、紫苑の花それ自体が、纖細きわまりない「窮極の歌」を歌っていることがわかる。メンデルスゾーンに「無言歌」という曲があるが、塚本邦雄はまさに「歌でない歌」を求めたのだ。

「わが歌の終焉(しゆうえん)を見ば慈姑田（くわゐだ）にここだたばしる二月の霰(あられ)」（『詩歌變』）。慈姑が栽培されている田は、人も住まない山里だろう。その田に、誰にも見られることなく白い霰がたくさん降りしきっている。そして、誰にも見られずに、消えてゆく。

塚本邦雄が詠んだ数万首の歌も、いつかは二月の霰のように消えてしまう。だが、塚本自身が歌を捨てられないように、塚本短歌の読者もその歌に込められた志を受け継ぐ。歌は、終焉を迎えること無く、永遠に生き続ける。

44

罌粟《けし》枯るるきりぎしのやみ綺語《きご》驅《か》つていかなる生を寫《うつ》さむとせし

斎藤茂吉と、関ヶ原の戦い

塚本邦雄は、戦後に活躍した現代歌人である。そのモットーは、「反現実」と「反写実」。正確には、現実への憎しみだった。一方、近代短歌の主流は、アララギ派だった。そのアララギの巨匠である斎藤茂吉は、正岡子規の唱えた「写生」をさらに押し進め、「実相観入《じつそうかんにゆう》」理論を確立し、近代短歌の最高峰となった。

戦後まもなく、桑原武夫が俳句と短歌を否定した「第二芸術論」は、簡単に打破できた。だが、獅子身中の虫、短歌界の宿敵である茂吉を乗り越えないと、「近代短歌」以上の「現代短歌」

【出典】『天變の書』。

【追記】

塚本邦雄を短歌の世界に導いた兄は、北原白秋の『多磨』という結社に属していた。白秋のロマン主義は、アララギ派の写実主義の対極にある。

塚本本人も、習作期には太田水穂が主宰する『潮音』(ちょうおん)の流れを汲む『木槿』(むくげ)と『青樫』(あおかし)、ついで前川佐美雄の『日本歌人』に所属していた。これらはすべて、「反アララギ派」である。太田水穂は、松尾芭蕉の象徴主義をめぐって、斎藤茂吉と大論争している。

は作れない。では、どうするか。茂吉を現代歌人の側、「反写実」の側へと連れてくればよいのだ。茂吉に付着した「古いレッテル」を剝《は》ぎ取り、「新しいレッテル」に張り替えれば、それで済む。

　写生理論の反対が、きらびやかな言葉で幻想を描く「狂言綺《き》語《ご》」である。「綺語驅って」とは、「自分は、事実をありのままに歌うアララギ派とは違って、別のリアリズムを駆使してきた」という意味である。「いかなる生を寫さむとせし」は、「自分の生を写すだけの写生ではなく、自分の生を越えた大きな生も写したいのだが、それはどんな生なのか」という疑問文。その解答が、「やみ」。すなわち、心の闇である。断崖絶壁のような魂の暗部こそ、現代短歌が写し取るに値する、唯一のターゲットなのだ。

　塚本は、昭和五十二年から六十二年まで、十年の歳月を費やして『茂吉秀歌』全五巻を書き下ろし、茂吉の偉大さは「写生」を越えた幻想性にあると証明した。茂吉を「アララギの写生理論」から奪回し、前衛歌人に変相させたのだ。現代歌人として生まれ変わった茂吉は、もはや塚本の敵ではなく、親しい分身となった。


「反アララギ」の特徴は、白秋でも触れたロマン主義。塚本は、評論書『定型幻視論』で、「魂のレアリスム」という言葉を強調している。「レアリスム」は「リアリズム」のフランス語である。魂の真実こそ、「くそリアリズム」を打破したロマン主義なのだ。

「言霊(ことだま)の冬遠目(とほめ)にも暗紅にあららぎの實がくさりつつある」(『不變律』)。この歌は、時代遅れになりつつある「アララギ短歌」への風刺、皮肉だろう。

　塚本邦雄と共に前衛短歌を推進した岡井隆は、アララギ派の『未来』の同人。塚本は『アララギ』の外部から写生理論を攻撃し、岡井は『アララギ』の内部から写生理論を変えた。

　塚本と岡井の二人の共闘によって、近代短歌は確実に乗り越えられた。「言葉のリアリズム」こそが「写生精神」の表れであると考える加藤治郎が『未来』から登場したのは、二人の巨匠の血みどろの激闘があったからだ。

45

七月の眞晝《まひる》なれども紺青《こんじやう》のコモ湖こころのふかきさざなみ

【出典】間奏歌集『ラテン吟遊』。

【追記】

コモ湖を詠んだ塚本の歌を、もう一首あげる。

「生につながる何あるならず七月のコモ湖こもごもにさびしきろかも」。「コモ湖こもごも」という言葉遊び(「こも」を三回も繰り返している)が、いかにも塚本らしい。

ところが、「さびしきろかも」(何と寂しいことか)は、斎藤茂吉ばりの万葉調である。塚本は、ヨーロッパに留学した斎藤茂吉を、常に意識して各地

茂吉の海外旅行の歌を越えて

塚本邦雄は若い頃から、文学や映画やシャンソンなど、ヨーロッパ文明に強い憧れを持っていた。だが、大の飛行機嫌いだったために、海外旅行をしたことがなかった。しかし、『茂吉秀歌』の執筆を進めるうちに、どうしてもヨーロッパに行かざるを得ないと覚悟するにいたった。

というのは、茂吉には『遠遊《えんゆう》』『遍歴《へんれき》』という歌集があり、ヨーロッパ時代の膨大な海外詠を収録しているからだ。茂吉と戦い、茂吉を「近代短歌」から奪回し、「前衛短歌の先駆者」とし

て新たに位置づけるためには、茂吉が目で見たヨーロッパを、塚本も我が目でしかと見ておかねばならない。塚本が初めてヨーロッパの土を踏んだのは一九七七年で、『茂吉秀歌』の第一巻を出した年だった。

コモ湖は、イタリアの北部、アルプスの南側にある氷河湖として名高い。この歌も、塚本らしく、現実に見たことをありのままに詠んだものではない。「こんじょうの」「こもこ」「こころの」というように、「こ」音が五回も繰り返され、「こ」「こ」「こ」「こ」「こ」という、「こ」音の「さざなみ」が立つ。やがてそのさざ波が、湖面を見ている人（塚本）の心の中にも立ち、彼の心が激しく波立ってくる。

真夏、紺青色のコモ湖を見ていて、心をこれほど騒立《さわだ》たせたものは、何なのか。遠い青春の悲恋か。青年時代に若くして死に別れた親友の思い出か。それとも、何の理由もなく心をかきむしる「もののあはれ」なのか。塚本邦雄が詠んだ「コモ湖」は、悲しい湖として、現代の歌枕となった。

を旅行しているのだ。

さらには、森鷗外から始まる明治の留学生たちの青春を、今からでも追体験したいという願いも、塚本には強かっただろう。

第十四歌集『豹變』の「跋」（あとがき）で、鷗外の名訳で知られる『即興詩人』の舞台である「琅玕洞」（ろうかんどう、グロッタ・アズーラ）をくぐり抜けた千載一遇の経験を記す時の塚本は、いかにも楽しげである。

現代では、誰でもが簡単に海外旅行できるようになった。外国文学の名作を彩り、近代のエリート日本人だけが知りえた観光地に、誰もが足を運べる時代となった。

だがそこで、短歌や俳句を作ること。心に湧き上がる思いを言葉に定着させておくこと。それが、現代の「羇旅」（きりょ）の歌の拡大につながる。

日常的な男女の性愛と、文化としての「戀」は違う。海外旅行と、「羇旅」も違うのだ。

46

右大臣は常に悲しく「眼中の血」の菅家《くわんけ》「ちしほのまふり」實朝《さねとも》

【出典】『黄金律』。

【追記】

塚本邦雄には、実朝を意識した歌が多い。「蹴球(しうきう)の男罌粟(けし)の實刻刻に跳ねて彈(はじ)けて裂けて散るかも」(『閑雅空間』)。これは、実朝の「大海の磯もとどろに寄する波割れて砕けて裂けて散るかも」の本歌取りである。「波」を「罌粟の實」、さらには「男」に置き換えている。

塚本が、実朝の秀歌中の秀歌と見なしたのは、次の一首。

アンソロジーの達人、そして源実朝の発見

塚本邦雄は、アンソロジーの達人だった。その代表作は、『清唱千首』。古代から安土桃山時代までの膨大な和歌の中から、秀歌千首を選び、すべてにコメントしたものである。そして、アンソロジーの決定版と言われる藤原定家の『小倉百人一首』に対抗して、『塚本邦雄新撰　小倉百人一首』を選び直した。

塚本邦雄は、自分の審美眼に絶対の自信を持っていた。他の歌人を論じる時には、その歌人の「秀歌」を論じることを信条とし、失敗作の批判を絶対にしなかった。

筑摩書房から「日本詩人選」シリーズが刊行され、塚本邦雄『藤原俊成・藤原良經』、大岡信『紀貫之』、丸谷才一『後鳥羽院』などの名著が次々と出た。古典復興、和歌の再評価の機運が一気に高まった。ただし、塚本は吉本隆明『源実朝』の内容に不満だった。私がその理由を質問したところ、「実朝の秀歌がほとんど選ばれていません。失敗作を論じても駄目です」と、ニべもなかった。既に定着している通俗的な評価を疑い、世間から忘れられている不幸な秀歌を発見すること。それが、塚本の願いだった。

　平安の右大臣・菅原道真も、鎌倉の右大臣である実朝も、悲劇の詩人だった。「眼中の血」については35番を参照されたいが、実朝の「ちしほのまふり」は、千回も色を染め重ねた布。「くれなゐのちしほのまふり山の端《は》に口の入る時の空にぞありける」。まっ赤に染まった夕焼けの空は、「眼中の血」の直後なので、自分の血潮の色に染まっているというイメージである。

　『金槐《きんかい》和歌集』を残した実朝は、後鳥羽院を尊敬しながら、後鳥羽院から憎悪され、北条氏にも疎《うと》まれ、二十八歳で暗殺された。

「萩の花くれぐれまでもありつるが月出(い)でて見るに無きがはかなさ」。ついさっきまであったのに、いつの間にか散ってしまった萩の花。そこに、非業の死を自覚した青年歌人実朝の「悲しい諦め」がある。「吉本さんの本の、萩の歌の解釈には納得できません。死んだ和田義盛の亡霊が萩の花だったというのでは、あんまりでしょう」と、甲高い声で言った塚本の悲しげな表情を、私は今も覚えている。

　アンソロジストとしての鑑定眼に絶対の自信を持っていた塚本は、各種の新人賞でも「異才」を発掘した。新人賞を選ぶ時の塚本の基準は、五十首なら五十首、三十首なら三十首の中に、秀歌が何首で駄作が何首か、最高の名作を何首目に配列したか、という数字だった。私は、この『塚本邦雄』という本に、塚本邦雄の秀歌五十首を選んだつもりだが、塚本本人が納得する歌をきちんと選べているだろうか。

47

イエスは架《かか》りわれはうちふす死のきはを天青金《あをがね》に桃咲きみてり

藤原良経の発見と顕彰

この歌を含む第九歌集『青き菊の主題』は、小説と短歌とが交互に配列されている。その『青き菊の主題』の冒頭は、「桃夭《とうよう》樂《がく》」。小説の主人公の名は、富士川良夜《ふじかわりょうや》。名アンソロジストだった塚本邦雄が最も愛した歌人「藤原良経《ふじわらのよしつね》」のパロディである。良経も源実朝と同様、若死にした天才歌人である。藤原氏の名門に生まれ、太政大臣に昇り、書道家としても天才だった。塚本は、この良経の詩魂の透明さと高貴さを、称賛してやまなかった。

良夜が妻から憎まれて毒殺される悲劇的短篇を書き終えた後

【出典】『青き菊の主題』。

【追記】

アンソロジストとしての鑑定眼の確かさを自負していた塚本邦雄だが、「その力量は認めるが、好きではない」という歌人が何人かいた。西行が、その一人だった。塚本の西行論は、辛辣（しんらつ）である。源実朝や藤原良経に対しては、彼らの実力以上に買いかぶっているとも見えるのに、西行に対しては厳しすぎる。

西行は、塚本にとって「もう一人の斎藤茂吉」なのだろう。茂吉に関しては、『茂吉秀歌』の執筆を通して、正

で、塚本は藤原良経の代表作「幾夜《いくよ》われ波にしをれて貴船川《きぶねがは》袖に玉散るもの思ふらむ」と作者名の「良経」を、第一字目に置いた短歌を三十五首、ずらりと並べる。塚本は、非業の天才歌人・藤原良経に対して、供養の花を三十五本も献じたのだ。「いくよわれなみにしをれてきふねかはそてにたまちるものおもふらむよしつね」の、三十五字から始まる三十五首である。その第一首目が、「い」から始まる「イエスは架り」という、七七五七七の歌だった。

イエスは十字架の上で果て、私は突っ伏して死ぬ。私の末期《まつご》の目には、天は青銅色に見え、桃の花が咲いて、その香りが私を包む。その色と香りは、死の世界を私が訪れることを、天が歓迎しているようだ。イエスの場合は、どうだったのだろう。……

実朝が最後に見たのは、萩の花の幻だっただろう。そして、良経は桃の花だろう。ならば、イエスは？ そして、自分は死の際《きわ》に何を見るのか。塚本邦雄は愛する歌人に成りきって、彼らの人生を生き直している。アンソロジーの面白さは、百人の名歌を集めれば、個性的な人生が百回生きられる点にある。

面から向かい合い、茂吉を自分の世界に取り込むことに成功したが、『西行百首』は生前に刊行しなかった。

「たしかならざる傳聞(でんぶん)一つ水星の水なき澤を鴫(しぎ)立ちしとぞ」(『波瀾』)。この歌は、西行の名歌「心なき身にも哀れは知られけり鴫立つ沢の秋の夕暮れ」への異議申し立てである。西行が、実際に沢辺で鳴いている鴫を聞いて、この歌を詠んだとしたら、いかにもつまらない。「実際には鴫が鳴いていないのだが、もし鳴いていたとすれば、どんなにか心が震えたことだろう」と、西行が想像で詠んでいれば何とか認めてもよい。

たとえば、水のない水星の沢辺で、水を求めて鴫が鳴くという発想こそが、現代短歌なのだ。「水」という非在の理想を求める「鴫」は、美の永遠の狩人としての歌人のシンボルたりうる。そして、鴫の鳴き声は、永遠に向かって必死に手を差しのばす魂の叫びとなる。

48

枇杷《びは》の汁股間《こかん》にしたたれるものをわれのみは老いざらむ老いざらむ

【出典】『詩歌變』。

【追記】

『塚本邦雄全集』の編集委員となった私は、突然に体調を崩し、編集に協力できなくなった。責任を痛感して、創刊準備号から参加していた『玲瓏』も休会した。その時に、塚本からもらった一枚のファクシミリが、今もなお、読むたびに私の心を後悔と悲しみで一杯にする。

塚本邦雄は、自分が生きているうちに、後世に残すに足る「正字正仮名」の全集が完成することを望んでいた。

薄れゆく意識の中で

塚本邦雄は、エネルギッシュに執筆を続けた。まさに、「獅子奮迅」という言葉がぴったりの活躍だった。また、「歌人は万能者たれ」を口癖にしていたほど、博学・博識だった。だから、誰もが塚本邦雄に「老い」が訪れることを予想しなかった。

一九九四年六月、七十三歳で、マネジメントを取り仕切っていた「刎頸の友」政田岑生に先立たれた。一九九八年九月、七十八歳で、「蘇枋乙女《すおうおとめ》」と呼んだ最愛の妻・慶子に先立たれた。夫人のお通夜に参列した私は、気丈な塚本の姿を見て安心したが、一週間後、「突然に、昼間でもワーッと大声で叫びたくなります」というファクシミリを塚本からもらって、衝撃の大きさを知らされた。二〇〇〇年七月（七十九歳）、胆管結石と急性肝炎を併発し、緊急手術。この時の全身麻酔が後遺症となって、頭脳明晰を誇った塚本の意識が次第に薄れていった。

「われのみは老いざらむ老いざらむ」。自分だけは老いないだろう。いや、絶対に老いたくはない。老醜を人目にさらしたくない。だが、悲しいことに、塚本の希望は、運命によって裏切られた。二〇〇五年六月九日、八十四歳で亡くなるまでの五年間、長男の青史と暮らしながら、塚本邦雄の意識は薄明をさまよい続けた。「股間にしたたれるもの」は、青史が介護した。

ゆまに書房の『塚本邦雄全集』（全十五巻＋別巻一）が完結した二〇〇一年には、塚本の意識がまだしっかりしていた。それが、せめてもの救いだった。

意識のまだらな状態で詠んだ不思議な歌の数々は、『玲瓏』に発表されたが、歌集『神變』にまとめられる機会はなかった。

芸術家として当然のことだろう。しかし、その思いに応えられなかった私を、彼は責めなかった。

塚本が一九五一年から二〇〇五年まで、半世紀以上も住み続けた家に、二〇〇九年十一月、初めて一泊した。そして、塚本邦雄が最晩年に着ていた服を、青史氏から何枚も頂戴した。

この家で、この書斎で、塚本邦雄は現実世界を越える巨大な「別世界＝別乾坤(べっけんこん)」を作りあげたのだ。そして、この家に住む塚本の意識が混濁するのと同時に、世界情勢は混乱を極めていった。

塚本は、『神變』というタイトルの最終歌集を出すのが夢だったが、叶わなかった。最晩年の歌には、精神を統(す)べるものが消滅した、「言葉の氾濫(はんらん)」現象が見られた。

「波は神の手魚(さかな)の流露いつの日も水晶の光濃き香の何か」（歌集未収録）。言葉が老いによって「曜変(ようへん)」したようだった。

49

皐月《さつき》待つことは水無月《みなづき》待ちかねる皐月まちゐし若者の信念

【出典】歌集未収録。

【追記】

　塚本邦雄の辞世と考えられる歌は、上に掲げた「皐月待つ」以外に、もう一首ある。これもまた、不思議な歌である。

「歌一首ひとり創(つく)るを試みつわが歌が明日のわれをあはれみ」。

　自分の歌人としての願いは、「絶唱」を一首残すことである(43番参照)。それさえ詠めれば歌を捨ててもよいと思える絶唱を、ただ一人の書斎で創ろうとしてきた。だが、その絶唱は、遂に得られなかった。絶唱にもう一歩の

歌聖が残した辞世

「現代の歌聖」塚本邦雄の最後の歌である。二〇〇五年六月十三日の告別式で、葬儀委員長の篠弘から紹介された。私は、聞いてからもしばらくは、意味が摑《つか》めなかった。この歌は、塚本がほとんど無意識の状態で書き記した言葉たちである。

　ふと思ったのは、塚本邦雄が書道にも造詣が深く、何度も個展(筆趣展《ひっしゅてん》)を開いていた事実である。和歌の色紙では、平仮名には通常の平仮名とは異なる「変体仮名《へんたいがな》」を用いるほか、句読点や濁点を付けないのが慣習である。筆記用具を手にした塚本邦雄

は、色紙に向かって古典和歌を揮毫《きごう》するような気持ちで、自分の思いを筆記したのではなかっただろうか。

「ことは」の部分に、「ごとは」と濁点を打ってみよう。

　皐月待つごとは水無月待ちかぬる皐月まちゐし若者の信念

風薫る五月の到来を、私は待ち望んでいた。だが、それに続く雨の多い六月は、五月を待望していたように待つことは致しかねる。ああ、それにしても、過ぎ去った五月を待ち望んでいたのは、私だけではなく、人生と芸術に野心を燃やしている若者たちでもあっただろう。彼らの信念は、はたして実現しただろうか。次の五月に最も遠い六月に、私は世を去ってゆく。……

　塚本邦雄は、永遠の青年だった。いつも、野心の炎を燃やしていた。その野心こそ、「變」の思想だった。変えたい、変わりたい。その炎が燃えているかぎり、自分は青年でいられると信じていた。その信念は、次の世代の若者たちに、確実に手渡される。

　第五句は、九音の字余りである。辞世の歌が、大きく定型をはみ出したのは、塚本のあふれる思いをこの世に残すためだった。

域まで迫ったわが歌たちが、明日もうこの世にはいないかもしれない私の、歌に懸けた人生を、哀れんでいるような、……。

　「あはれみ」という連用中止法が、無技巧の技巧として、印象的である。

全盛期の塚本邦雄は、オーケストラの全団員を統率する名指揮者のように、すべての言葉を支配していた。「金婚は死後めぐり來(こ)む朴(ほほ)の花絶唱のごと蘂(しべ)そそりたち」(『緑色研究』)。まるでワーグナーの曲のように、指揮者の号令一下、三十一音の言葉が緊張感を持って躍動していた。

　それに対して、「歌一首」には、指揮者がいない。室内楽のように、言葉たちが自在に自分の音を奏でている。私は、どことなく、横山大観の「無我」の絵を思い出す。塚本邦雄が人生の最期にたどり着こうとした「神變」は、無我の境地だったのだろうか。

　なお、晩年の塚本の意識は衰えたが、文字だけは最後まで見事だった。

50 醫師《いし》は安樂死を語れども逆光の自轉車屋の宙吊りの自轉車

「逆光の人」 塚本邦雄

塚本邦雄の短歌五十首を鑑賞しながら、短歌が現代社会でどのような力を発揮できるかを考えてきた。その最後に強調したいのは、塚本が「逆光の人」だったことである。「逆光」とは、見ている対象のうしろから光が射すこと。見ている人間は、逆光線なので、対象がはっきりとは見えない。だが逆に、対象の側から見れば、自分という存在は隠しようもなく見られている。

塚本邦雄は、私たち現代人が金科玉条のごとく守り通している「現実の暮らし」の貧しさと愚かしさを、痛烈に批判した。彼は、

【出典】『緑色研究』。

【追記】

一九五五年頃に塚本が使っていた「創作手帖」に、高村光太郎の「首狩」（くびかり）という詩が、丁寧な文字で書き写されている。原作とは少し字句が違っているが、塚本の手帖のまま引用しておく。

「首が欲しい、／てこでも動かないすわりのいい首、／どこからともなく春蘭のにほふ首、／ふうわりと手に持てる首、／銀盤にのせて朝の食卓に献ずる首、／まるでちがつた疾風（はやて）の首、／夢をはらんで理知に研

この世でない場所から、この世の真実をつぶさに観察した。現代文明を代表するのが科学であり、医学である。医師は、安楽死の可能性や必要性を語っている。だが、死に「安楽」などがあるのか。美しい死が、かつて戦場で一度もなかったように、病院での死は常に、無惨で苦悩に満ちている。

その時、歌人の心に、かつて見た自転車屋の光景が蘇る。自転車が宙吊りになっている。それが、十字架の上のイエスにも見えるし、末期《まつご》の苦しみにあえぐ自分自身の姿にも思える。もしかしたらこの自転車は逆さに吊されており、「逆《さか》さ磔《はりつけ》」の極刑を受けている芸術家のシンボルなのかもしれない。

吊されている自転車、磔になっている芸術家の目には、光線を背後から受けるので、自分を苦しめるこの世の真実と現代文明のインチキぶりが、すみずみまではっきりと見える。塚本邦雄の残した作品は、「逆光の歌」であり、現代の病理を告発し続けている。その告発を受け止めることから、現代人は新たな「變」を起こすことができる。見られる側から、見る側への変身である。

(と)がれた古典の首、/メフヰストをなやます美女の首、/だがやつぱり男の首、/それでゐて底の知れない無垢の首、/合口(あひくち)をふところにして/又今日も市井(しせい)のざわめきにまぎれこまう」。

この詩に共鳴した塚本邦雄にとって、短歌は危険な「合口=短刀」だった。現代社会の中から、どうしても手に入れたい「首」を見つけるために、歌い続けた。一度ならず、短歌という凶器を捨てようともした。だが、この「合口」を捨てることはなく、現実世界と戦う気概を持ち続けた。

「馬を洗はば馬のたましひ冱(さ)ゆるまで人戀はば人あやむるこころ」。殺したいほどに愛(いと)おしい人が現実世界に見つからずに、三島由紀夫は自分の首を切った。塚本邦雄は、首狩りが成功しないことを知りつつ、最後まで歌い続けた。その未完の志は、次世代の若者に受け継がれる。短歌は、世界と文明を刺し貫く凶器である。

歌人略伝

「反現実」をモットーとした「歌人・塚本邦雄」は、伝記研究を嫌った。だが、「人間・塚本邦雄」の真実を知れば、塚本邦雄が徹底して憎んだ「現実」とは何だったのかが見えてくる。塚本邦雄は、一九二〇年（大正九）、現在の滋賀県東近江市、近江商人の本拠地として知られる五個荘村に生まれた。生まれた年に、父が死去。一九三八年、神崎商業学校を卒業し、商社の「又一」（本社大阪）に入社。以後、太平洋戦争の期間、広島県呉市に軍事徴用されたほかは、一九七四年（昭和四十九）に退社して著述に専念するまで、一貫してこの会社で経理を担当した。短歌という形式を摑み取ったのは、死と直面していた戦時中。戦争への恐怖と憎しみを、政治活動ではなく、「美の王国」の樹立によって乗り越えようとするのが、塚本の初心だった。戦後の一九四九年、杉原一司たちと同人誌『メトード』を創刊し、旧来の短歌に叛旗を翻す方法論を実験。一九五一年、第一歌集『水葬物語』を刊行。異能の編集者・中井英夫に注目され、中央のジャーナリズムで活躍し始める。岡井隆・寺山修司・春日井建なども加わった「前衛短歌」運動の中心となる。前衛短歌は、歌壇だけでなく、幅広い分野の若者たちにも大きな影響を与えた。一九六八年、澁澤龍彥の雑誌『血と薔薇』にエッセイを書いた頃から、文芸評論や小説にも活躍の場を拡大した。『塚本邦雄全集』（ゆまに書房）は、短歌四巻、小説三巻、評論八巻の構成だが、全集未収録の単行本も膨大。二〇〇五年（平成十七）六月、八十四歳で逝去。妻の慶子にも歌集があり、長男の青史は歴史小説家。

年譜

年号	西暦	満年齢	塚本邦雄の事蹟	歴史事蹟
大正　九年	一九二〇	0	滋賀県五個荘村で誕生。父死去。	国際連盟発足
昭和　十三年	一九三八	18	神崎商業学校卒。又一に就職。	国家総動員法
昭和　十六年	一九四一	21	広島県呉市に軍事徴用。	真珠湾攻撃
昭和　十八年	一九四三	23	結社『木槿』『青樫』入会	出陣学徒壮行大会
昭和　十九年	一九四四	24	母死去。	米軍の空襲激化
昭和　二十年	一九四五	25	又一に復職。	広島原爆、敗戦
昭和二十二年	一九四七	27	結社『日本歌人』入会。	太宰治『斜陽』
昭和二十三年	一九四八	28	結婚。	東京裁判判決
昭和二十四年	一九四九	29	同人誌『メトード』。長男誕生。	三島『仮面の告白』
昭和二十六年	一九五一	31	歌集『水葬物語』。東大阪市に転居。	サンフランシスコ講和条約
昭和二十八年	一九五三	33	肺結核と診断される。	バカヤロー解散
昭和三十一年	一九五六	36	歌集『装飾樂句』（カデンツァ）。	ハンガリー動乱

昭和三十三年	一九五八	38	歌集『日本人靈歌』。	東京タワー完成
昭和三十六年	一九六一	41	歌集『水銀傳說』。	ケネディ大統領就任
昭和三十九年	一九六四	44	三島由紀夫・澁澤龍彦と初対面。	東京オリンピック
昭和　四十年	一九六五	45	歌集『綠色研究』。	米軍、ベトナム北爆
昭和四十四年	一九六九	49	歌集『感幻樂』。	大学紛争
昭和四十五年	一九七〇	50	岡井隆が去る。政田岑生と会う。	三島由紀夫が自決
昭和四十七年	一九七二	52	小説『紺青のわかれ』。 評論『定型幻視論』。	札幌冬季五輪
昭和四十八年	一九七三	53	評論『定家百首』。 歌集『青き菊の主題』。	第一次石油ショック
昭和四十九年	一九七四	54	会社を円満退社、執筆に専念。	田中内閣総辞職
昭和五十一年	一九七六	56	小説『露とこたへて』。 小説『荊冠傳說』。	ロッキード事件
昭和五十二年	一九七七	57	初のヨーロッパ旅行。 『茂吉秀歌』の刊行開始。	王貞治本塁打七五六本
昭和五十七年	一九八二	62	『定本　塚本邦雄　湊合歌集』。	フォークランド紛争
昭和六十一年	一九八六	66	塚本邦雄撰歌誌『玲瓏』創刊。	チェルノブイリ原発事故

平成	元年	一九八九	69	近畿大学文芸学部教授に就任。	昭和天皇崩御
平成	二年	一九九〇	70	紫綬褒章。	バブル崩壊
平成	六年	一九九四	74	政田岑生、死去。	関西空港開港
平成	七年	一九九五	75	評論『新古今集新論』。	阪神淡路大震災・地下鉄サリン事件
平成	九年	一九九七	77	勲四等旭日小綬章。	神戸酒鬼薔薇事件
平成	十年	一九九八	78	『塚本邦雄全集』刊行開始。妻死去。	長野冬季五輪
平成	十七年	二〇〇五	84	呼吸不全で死去。通夜・告別式。	愛知万博

解説　「前衛短歌の巨匠　塚本邦雄」――島内景二

歌人は文学者である

明治時代の与謝野晶子や石川啄木は、小説家や評論家に衝撃を与えたし、一般人にも大きな影響を与えた。当時の短歌は、大きな社会的な広がりを持った文学ジャンルだった。

晶子は最初、大胆に「恋」を歌ったが、やがて「古典」を再生させることに天命を見出し、これまた大胆な現代語訳で『源氏物語』を復活させることに成功した。一方、鋭い批判精神の持ち主だった啄木は、「社会批判」や「文明批評」としての短歌を確立した。晶子と啄木は、二人とも「今の自分が生かされている文化」を否定するロマン主義者だった。

ところが、斎藤茂吉の『赤光』をピークとして、短歌の力が衰え始める。歌人は仲間同士でしか通用しなくなり、社会全体に向けて「新しい文化」を発信できなくなった。それを乗り越え、短歌という武器をフルに活用して、現代の日本文化を大きく動かそうとしたのが、戦後に起こった「前衛短歌」運動である。その「前衛歌人」の代表が、塚本邦雄だった。

塚本邦雄は、ロマン主義の立場から、「古典」の再発見と、「社会批判」とを展開した。彼は、晶子と啄木の両方の短歌の長所を合体させたのである。古典評論や小説を二百冊以上も執筆し、戦後では最も有名な歌人となった。それは彼が、晶子や啄木と同じように、「歌人」という枠組を大きく越える「文学者」だったからである。

ロマン主義を越えた伝説の人・塚本邦雄

塚本邦雄には、「伝説（傳說）」という言葉を含む作品がある。『水銀傳說』と『荊冠傳說』である。伝説への憧れは、彼がロマン主義者だったことを示している。一九五〇年代に塚本が使っていた「創作ノート」は「読書ノート」も兼ねていて、本や雑誌を読んでは心に留めた言葉を書き抜いている。その中に、次のようなメモがある。

　浪漫主義者は、古典主義的な普遍的な人間像に対して自己を主張するために、一般人とちがった自分の独特の個性を強く拡大して表現する。……それが、伝説をつくる。

一般人は詩人に対して、「度外《どはず》れに酒をのむ」とか、「度外れに女を追い廻す」とかいう「反社会的」な人間に違いないと想像している。それが、世間の考える「伝説」である。けれども詩人といえども、四六時中、詩を書いているわけではない。生活者としては、退屈なほど平凡な生き方を、死ぬまで続けるものである。だが、度外れに強い「想像力」を持っている。それを、度外れに強い「創造力」に変換することで、平凡な日常と大きく異なる「もう一つの世界」を作りあげる。それが、「反現実世界」であり、真の「伝説」なのだ。

戦後の日本社会が失った大切なものは、たくさんある。たとえば、「美しい日本語」。漢字と仮名づかいは、悪い方に大きく変わった。戦前の「正字」（漢字の旧字体）と「正仮名」（歴史的仮名づかい）から、戦後の「新字」と「新仮名」に切り替わったのである。しかも、中途半端な変更だったために混乱が生じ、日本語の秩序が大きく乱れた。

そして、与謝野晶子たちが近代日本に復活させた「古典文化」も、経済成長優先の戦後日本では再び死滅する直前にまで追い込まれた。特に、古典和歌などは、正月に子どもがするカルタ遊びと見なされるところまで、落ちた。そのカルタ遊びさえも、死滅寸前である。失われた「古代」を取り戻す運動。そして、疲弊した人間が、本来の人間性を回復すること。それが、ルネッサンスである。塚本邦雄は、「美しい文化」や「まったき人間性」という「伝説」を回復するために、創作活動を行った。それが、「正字正仮名」で「美や悪」を歌う一連の作品だったのである。

　塚本邦雄は、時代と戦う気概を持った歌人だった。そこが、石川啄木との共通点である。文学者が現実と戦うための方法論の一つに、「風刺」がある。先ほど紹介した塚本の「創作ノート・読書ノート」には、チクリと人を刺す短い文章が、いくつも書き抜かれている。

　人間の愚かさ。「人間の」は、よけいだ。愚かなのは、人間以外にない。

神は、何もかも見てゐるといふが、どんなにか面白いだらう。

二十冊の本を書き給へ。たれかが二十行で批評してくれるだらう。そして獲《か》つのは、君ではないのだ。

水族館にて。潜水夫。鼻をかきたくなつた時のくるしみ。

人間。この死刑囚。1901.12.17

「詩集」。散文の本になら、見事な標題だ。

　このようなドライな批評精神を短歌という器に注ぎ込むことで、「社会批評としての短歌」が生まれ落ちた。それが、「前衛短歌」だった。その前衛短歌は、しかしながら、単純なロマン主義短歌とは違っていた。ロマン主義者は、理想に燃え、現実を改革して理想に近づけようとする。それは、いつの場合にも挫折する。現実世界の壁に敗北したロマン主義者は、自殺するか、何も書かない読書家になるか、転向して現実主義者になるしかない。

社会に衝撃を与え、歌壇を一変させた前衛短歌でも、日本社会と戦後文化の根幹は変えられなかった。だが、塚本邦雄は反世界である「美の王国」の帝王として、超然たる活動を続けた。ひ弱でないロマン主義者。傲然とした敗者。それが、数々の伝説に彩られた塚本邦雄だった。

前衛短歌運動は、異端の文学か

前衛短歌を仕掛けたのは、中井英夫という人物である。戦後ミステリーの傑作とされる『虚無への供物』の作者でもある。編集者時代の中井は、『短歌研究』と『短歌』を舞台として、次々と新人歌人を発掘した。実作者としては、塚本邦雄・寺山修司・春日井建・岡井隆・中城ふみ子・浜田到・村木道彦。理論家としては、菱川善夫。

彼らの特徴は、短歌以外の世界でも活躍できる「マルチ・タレント」だったことである。みずみずしい青春歌集『空には本』を出した寺山は、演劇界に去り、劇団「天井桟敷」を率いて世界的に活躍した。春日井は、屈折した美学を歌う『未青年』を残して歌壇を去り、多様な芸術活動を展開し、再び短歌に復帰した。前衛短歌の仕掛け人の中井は、ゴシック小説のような怪奇小説を書いた。小説を書くようになった塚本邦雄の作風も、怪奇と幻想、そして同性愛が大きなテーマだった。

当時、彼らは「異端」と見なされた。「異端」とは、正統でないということである。でも、そのレッテルが正しかったのか、私は疑問に思う。塚本の才能を認め、春日井の才能を愛した三島由紀夫は、『仮面の告白』や『禁色』という、同性愛をテーマとする名作を残している。だが人々は、三島を「異端」とは呼ばない。三島ほど、日本の古代文化に精通し、和歌の優雅さに心酔した戦後作家はいないからである。彼は、日本文化の「正統」に位置づけられる。戦後日本の側が、大きく「文化の正統」から逸脱していただけの話だ。

現代日本は、永い歴史を誇る日本文化の「正統」から見たら、「異端」である。その「異端」から見たら「異端」でしかない塚本邦雄たちは、「異端の異端」ということになる。

中井の周辺にいた澁澤龍彦・種村季弘なども含め、既に定着した「異端」というレッテルを張り替える必要のある文学者は、たくさんいる。だが私は、ここで強調しておきたいことがある。「異端から見た異端」は、必ずしも「正統」ではない、ということだ。たとえば、東北の土俗的風土を最大限に利用した寺山修司は、正真正銘の「異端」だった。

レオナルド・ダ・ヴィンチの「嘘を以て嘘つきの舌を封じるとそこに真がうまれる」という箴言《しんげん》を信じた塚本邦雄は、「マイナスかけるマイナスは、プラスに変ずる」という可能性に賭けることにした。異端の異端が正統である、という道を極めようとしたのである。だから塚本は、『国歌大観』と『私家集大成』と『日本古典文学大系』を完全に読破した。そして、三島由紀夫とも匹敵する「古典のプロ」となった。

正統を越えた正統

塚本邦雄は、国文学者ではない。だが、松田修や有吉保などの国文学者との交流も深かった。歌の才能の乏しい私（島内景二）を、塚本が弟子の一人に加えたのは、ひとえに、私が東京大学大学院博士課程で古典文学を研究中の学徒だったからである。私はこれまで多くの文学者と出会ったが、塚本邦雄ほど、真摯に古典と向かいあった芸術家を知らない。

だが、「異端の異端は、やはり正統ではなかった」と言うべきである。たとえば、与謝野晶子の『源氏物語』の訳文には誤訳が多い。しかし、それが悪いかと言えば、学者の想像もつかない名訳がいくつも輝いている。塚本邦雄の古典論も、「危険な橋」を渡っている。

塚本邦雄は、「誤読」とすれすれの「詩的解釈」を次から次へと繰り出し、古典文学を現代文学として再生させた。古典と渡り合い、切り結んでいる。読み方を改めることで、古典に対する認識を変え、古典を現代文化へと強引に引き寄せるのだ。

そこに現れるのは、「正統」を気取っているが「にせもの」の現代文化でもなく、「正しい古典解釈」を気取りながら現代人にアピールする力をなくした「正統のミイラ」でもなく、「面目を一新したエネルギッシュな古典」である。「正統を越えた正統」、「古典を越えた古典」、「短歌を越えた短歌」。それが、塚本邦雄の求めた芸術だった。

青は藍より出《い》でて藍より青し。本書で最初に掲げた塚本邦雄の歌が、現実よりも美しい世界を、言葉の力できらめかせていたことを思い出してほしい。

初戀の木陰うつろふねがはくは死より眞靑にいのちきらめけ

読書案内

『定家百首・雪月花（抄）』『百句燦燦』『王朝百首』『西行百首』『花月五百年』『季吟百趣』（以上、すべて講談社文芸文庫）　塚本邦雄　講談社　二〇〇六〜二〇一四

塚本邦雄がどのような文学者であるかを知るために、絶好の入門書。古典和歌や近代俳句を論じつつ、塚本美学を華麗に繰り広げる。橋本治たちの解説も読みごたえあり。

『清唱千首』（冨山房百科文庫）　塚本邦雄　冨山房　一九八三

塚本邦雄による「古典秀歌アンソロジー」の決定版。精選された千首を鑑賞できる。

○

『塚本邦雄の宇宙』（現代詩手帖・特集版）　齋藤愼爾・塚本青史　思潮社　二〇〇五

塚本短歌の代表作や、塚本邦雄について書かれたエッセイ、歌集解説、写真などを一冊に網羅した、便利なハンドブック。「塚本邦雄文学アルバム」と言ってよい。

『塚本邦雄歌集』（現代詩文庫　短歌俳句篇）　塚本邦雄　思潮社　二〇〇七

塚本短歌の入門書として最適。塚本の代表作千二百首あまりと、シンポジウムを収録。

『塚本邦雄の生誕　水葬物語全講義』（菱川善夫著作集　第二巻）　沖積社　二〇〇六

戦後文壇に衝撃を与えた「前衛短歌」運動の中で、批評家として大きな足跡を残した菱川善夫の、火の出るような『水葬物語』論。前衛歌人を、文学史の中に位置づけた。

『塚本邦雄』（鑑賞・現代短歌）　坂井修一　本阿弥書店　一九九六

情報工学の科学者でもあり、塚本邦雄が高く評価していた歌人でもある坂井修一による秀歌百首鑑賞。塚本は、坂井の鋭い切り込みを心から喜んでいた。

『塚本邦雄を考える』　岩田正　本阿弥書店　二〇〇八

岩田は、塚本邦雄と共に現代短歌のトップランナーである馬場あき子の夫であり、批評家である。「悪の帝王」とは異なる、「ヒューマニスト塚本邦雄」に光を当てる。

『塚本邦雄の青春』（ウェッジ文庫）　楠見朋彦　ウェッジ　二〇〇九

近畿大学で塚本に教わり、すばる文学賞を受けた小説家が、偉大なる師匠の「謎に満ちた青春」を発掘した力作。天才と呼ばれる以前の「青年の苦闘」を、見事に描きだす。

○

『塚本邦雄全集』全十五巻＋別巻一　ゆまに書房　一九九八〜二〇〇一

図書館で、ぜひこの実物を手に取って、どの巻のどのページでもよいから、開いてほしい。北村薫は、すばらしい詩歌は図書館や書店で、読者を「待ち伏せ」していると言う。塚本邦雄は「来るのが遅すぎます」と笑いながら、君を待ち伏せしているだろう。

○

塚本短歌を収録したものとしては、次のような本が便利。

『寵歌變　塚本邦雄歌集』（新現代歌人叢書）　塚本邦雄　短歌新聞社　二〇〇五

『塚本邦雄歌集・正続』（現代歌人文庫）　塚本邦雄　国文社　一九八八・一九九八

『塚本邦雄歌集』（短歌研究文庫）　塚本邦雄　短歌研究社　一九九二

【付録エッセイ】

ドードー鳥は悪の案内人――『塚本邦雄歌集』

『海』（一九七一年四月号）

寺山修司

ひとは誰でも、自分の作ったものの中でしか生きられない。それは、いわば世界状態とでも名づけるものであり、他人がそこへ同居を求めたとしても、「一つのベッドに一緒に寝ても、同じ夢を見ることはできない」という理由で拒まれるのである。

そこで、自分の世界状態をできるだけ住みごこちのよいものにするために政治に目を向けるのが大衆の一般的傾向であるとすれば、塚本邦雄のように政治に背を向けることができるのは、限られた才能人の特権である。塚本邦雄は、言葉で一つの世界状態を作り、その中で生きようとする。

裏側にぬれたひとでの繪を刷つて廻す――愛人失踪告知

みづうみに水ありし日の戀唄をまことしやかに彈くギタリスト

彼は集団ぎらいとして知られているが、それは彼の言語が生み出すゆるぎない世界状態が、今日の新左翼が指向する「集団幻想」の不毛さを予知しているからである。その意味に限れば彼はどこかヘンリー・ミラーに似たところがある。「人間の集団の固定した星座にも似た配置はなくなり、政府は広い意味の管理組織に道を譲って、政治家はドードー鳥のような時代遅れの存在となるであろう。ある人々が想像するように機械が優位の座を占めることは決してない、それは結局は廃棄されるであろうが、しかし人間が自分たちの作りあげたものによってみずから縛られているという神秘の本質を理解してからの話である。」（戦後の日曜日）

もちろん、彼もまた彼の作りあげた言語によってみずから縛られることになるだろう。しかし、言語の世界状態に住民登録することで、現実原則の戸籍を抹消することができるならば、それは彼の望むところだと思われる。いまのところ、彼はドードー鳥のような時代遅れの英雄のように見られている。しかし、歴史というものが楽園を追放されたものたちの道でしかないとしたら彼はまだまだ歴史を必要としないですむ幸福者なのである。

買手きまらぬ庭園の隅　贅肉のごとき白ダリアを放置せり

少年時代、私は一通の手紙で彼と出会い、彼の「楽園」に案内されたのであった。塚本邦雄は、実際に逢うまでは実在の人物かどうか、私たち愛読者にさえ謎であった。いくつかの秘密結社に属し、ジョルジュ・ブラッサンスの声色を使い、毒薬の調合に通じた気むずかし屋の中年男、蝶ネクタイをきちんとしめて、「ツカモト」と尻上りのアクセントで名乗る詩人は、ホテルのロビイで私に、さまざまの悪事のヒントを与えてくれた。彼はゲルリッツの靴直しのヤーコブ・ベーメが説く神学のように、神秘的な肉体錬金術をあやつって、私の倫理観を捨てさせてしまったのである。

悪運つよき青年　春の休日をなに著《き》ても飛行士にしか見えぬ

彼は私にやみくもに飛行服を着せて、「買手きまらぬ」楽園へと導いた。私の童貞喪失も、私のロートレアモンとの出会いも、和歌への熱中もすべて塚本邦雄の演出であったことを思い出せば、彼は言葉の作り出す世界状態の外での生活にも無関心ではなかったことがよくわかる。彼は、ほとんど決定的な影響力をもって、私と十五年間の交際をリードしてきた。彼は自らの悪事は言葉の中で世界化し、言葉の外の悪事の方はもっぱら若くていきのいい私を素材にして、ためしていたのかも知れない。そのせいかどうか、私は賭博好きになり、放蕩ぐせがつき、おまけに喧嘩で豚箱入りすることも度かさなって、逮捕歴も三たびということになってしまった。

橋より瞰《み》おろしし情事、否かたむきて鋼《はがね》のくづをはこぶ船あり

私が家出少女たちをたぶらかして、彼のかいた青写真通りに家畜小舎を建てているのを、彼は「鋼のくづをはこぶ船」でも見るように即物的に見おろしてきたのかどうかは、わからない。しかし、いずれにしても、現実原則の中で与えられた罰を言葉の世界で報復する訳にはいかないので、彼を彼自身の楽園から引きずり出して、仇討ちするほかには「恩返し」の道はないのである。

ロミオ洋品店春服の青年像下半身無し＊＊＊さらば青春

私はこの歌がとても好きであった。そして「下半身の復活」が、永遠の青春の条件であることから、いつもズボンのお洒落について考えておく必要があった。
「私は接吻は、きらいだよ」と、公言しなければ、知らぬまに愛の表現が下半身から上半身へとずりあがってきて、肛門も性器も楽園的肉体であることを忘られてしまうだろう。だ

が、塚本邦雄は下半身をどのように鍛えることによって、永遠の青春を保っているのだろうか。

る中年翳を私は探し出して、あばき立てる必要があった。

関西弁のメフィストで、たくみに堕落入門の手引きをする彼の、自身の肉体にきざしてい

裸の父見しものの裔《すゑ》いきいきと汗のズボンの長脛彦《ながすねひこ》ら

欲望をみなもととして變電所までむらさきの電線けぶる

青年よ汝《なれ》よりさきに死をえらび婚姻色の一ぴきの鮎

すでに彼自身の悦楽は、死神との合作のかたちを為さずには、いられなくなっている。そ

れが言葉の外であれ内であれ、彼の人生には孤独を芯としたコンパスのえがく円周のよう

に、はじまりも終りもあいまいにしてゆく方向へと赴きつつあるのだ。私はどうやら一人立

ちして、彼の案内なしでも楽園へ出入りできるようになったが、彼は以前にもまして凄惨

に、楽園の番人役を演じている。おそらく、彼は言語による世界状態のほころびを現実の糸

でつくろい、信じていない現実原則を楽園的言語によって彩色しながら、べつの青年に悪の

手引きをしているのであろう。文学史的には、彼は一九五一年の『水葬物語』によるデビュ

ー以来、和歌のもつ伝統を西欧的教養によって継承し、三十一文字の内包する遊びの美学を

思想化しえたことによって古典化しつつある。そして、彼は、フェレンツィの「純粋知性は

死の産物」であることを知って、ほどほどに方向音痴を装い、ドードー鳥のまねをしなが

ら、今日もっともアナーキーな詩人として、いつのまにか忘られていた和歌を復権せしめる

原動力となったのである。

島内景二（しまうち・けいじ）
＊1955年長崎県生。
＊東京大学文学部卒業、東京大学大学院修了。博士（文学）。
＊現在　電気通信大学教授。
＊主要著書
『源氏物語の影響史』（笠間書院）
『柳沢吉保と江戸の夢』（笠間書院）
『心訳「鳥の空音」』（笠間書院）
『響き合う、うたと人形』（笠間書院、共著）
『楽しみながら学ぶ作歌文法・上下』（短歌研究社）
『大和魂の精神史』（ウェッジ）
『三島由紀夫　豊饒の海へ注ぐ』（ミネルヴァ書房）
『北村季吟』（ミネルヴァ書房）
『中島敦「山月記伝説」の真実』（文春新書）
『文豪の古典力』（文春新書）
『光源氏の人間関係』（ウェッジ文庫）
『源氏物語ものがたり』（新潮新書）
『教科書の文学を読みなおす』（ちくまプリマー新書）
『短歌の話型学　新たなる読みを求めて』（書肆季節社）
『小説の話型学　高橋たか子と塚本邦雄』（書肆季節社）

塚《つか》本《もと》邦《くに》雄《お》　コレクション日本歌人選 019

2011年2月28日　初版第1刷発行
2015年7月31日　再版第1刷発行

著者　島内景二
著作権継承者　塚本青史
監修　和歌文学会
装幀　芦澤泰偉
発行者　池田圭子
発行所　有限会社　笠間書院
東京都千代田区猿楽町2-2-3［〒101-0064］
電話　03-3295-1331　FAX　03-3294-0996

NDC分類 911.08

ISBN978-4-305-70619-5　印刷／製本：シナノ

（本文用紙：中性紙使用）

コレクション日本歌人選 第Ⅰ期〜第Ⅲ期 全60冊完結！

第Ⅰ期 20冊 2011年（平23）2月配本開始

#	歌人名	よみ	著者
1	柿本人麻呂	かきのもとのひとまろ	高松寿夫
2	山上憶良	やまのうえのおくら	辰巳正明
3	小野小町	おののこまち	大塚英子
4	在原業平	ありわらのなりひら	中野方子
5	紀貫之	きのつらゆき	田中登
6	和泉式部	いずみしきぶ	高木和子
7	清少納言	せいしょうなごん	圷美奈子
8	源氏物語の和歌	げんじものがたりのわか	高野晴代
9	相模	さがみ	武田早苗
10	式子内親王	しょくし（しきし）ないしんのう	平井啓子
11	藤原定家	ふじわらていか（さだいえ）	村尾誠一
12	伏見院	ふしみいん	阿尾あすか
13	兼好法師	けんこうほうし	丸山陽子
14	戦国武将の歌		綿抜豊昭
15	良寛	りょうかん	佐々木隆
16	香川景樹	かがわかげき	岡本聡
17	北原白秋	きたはらはくしゅう	國兼雅子
18	斎藤茂吉	さいとうもきち	小倉真理子
19	塚本邦雄	つかもとくにお	島内景二
20	辞世の歌		松村雄二

第Ⅱ期 20冊 2011年（平23）10月配本開始

#	歌人名	よみ	著者
21	額田王と初期万葉歌人	ぬかたのおおきみとしょきまんようかじん	梶川信行
22	東歌・防人歌	あずまうた・さきもりうた	近藤信義
23	伊勢	いせ	中島輝賢
24	忠岑と躬恒	みぶのただみねとおおしこうちのみつね	青木太朗
25	今様	いまよう	植木朝子
26	飛鳥井雅経と藤原秀能	あすかいまさつねとふじわらのひでよし	稲葉美樹
27	藤原良経	ふじわらのよしつね	小山順子
28	後鳥羽院	ごとばいん	吉野朋美
29	二条為氏と為世	にじょうためうじとためよ	日比野浩信
30	永福門院	えいふくもんいん（ようふくもんいん）	小林一彦
31	頓阿	とんな（とんあ）	小林大輔
32	松永貞徳と烏丸光広	まつながていとくとからすまるみつひろ	高梨素子
33	細川幽斎	ほそかわゆうさい	加藤弓枝
34	芭蕉	ばしょう	伊藤善隆
35	石川啄木	いしかわたくぼく	河野有時
36	正岡子規	まさおかしき	矢羽勝幸
37	漱石の俳句・漢詩		神山睦美
38	若山牧水	わかやまぼくすい	尾山久美恵
39	与謝野晶子	よさのあきこ	入江春行
40	寺山修司	てらやましゅうじ	葉名尻竜一

第Ⅲ期 20冊 2012年（平24）6月配本開始

#	歌人名	よみ	著者
41	大伴旅人	おおとものたびと	中嶋真也
42	大伴家持	おおとものやかもち	小野寛
43	菅原道真	すがわらのみちざね	佐藤信一
44	紫式部	むらさきしきぶ	植田恭代
45	能因	のういん	高重久美
46	源俊頼	みなもとのとしより	高野瀬恵子
47	源平の武将歌人		上宇都ゆりほ
48	西行	さいぎょう	橋本美香
49	鴨長明と寂蓮	ちょうめいとじゃくれん	小林一彦
50	俊成卿女と宮内卿	しゅんぜいきょうじょとくないきょう	近藤香
51	源実朝	みなもとのさねとも	三木麻子
52	藤原為家	ふじわらのためいえ	佐藤恒雄
53	京極為兼	きょうごくためかね	石澤一志
54	正徹と心敬	しょうてつとしんけい	伊藤伸江
55	三条西実隆	さんじょうにしさねたか	豊田恵子
56	おもろさうし		島村幸一
57	木下長嘯子	きのしたちょうしょうし	大内瑞恵
58	本居宣長	もとおりのりなが	山下久夫
59	僧侶の歌	そうりょのうた	小池一行
60	アイヌ神謡ユーカラ		篠原昌彦

『コレクション日本歌人選』編集委員（和歌文学会）
松村雄二（代表）・田中　登・稲田利徳・小池一行・長崎　健